AF187533

Für Bubu.

Pathos Reich

Pfefferkuch und Honigherz

Aus den Chroniken des kleinen Landes.
Band I

*Bibliografische Information der Deutschen Nationalbibliothek:
Die Deutsche Nationalbibliothek verzeichnet diese Publikation
in der Deutschen Nationalbibliografie; detaillierte bibliografische
Daten sind im Internet über http://dnb.dnb.de abrufbar.*

© 2018 Pathos Reich

Illustrationen: Michaela Spatz

Herstellung und Verlag: BoD – Books on Demand, Norderstedt

ISBN 978-3-7481-2804-5

In einem kleinen Land, wo Milch und köstliches Sirup in den Bächen fließen, wo die Stämme der hohen Tannen aus luftigem Baumkuchen sind und Pilze aus zartem Krokant aus dem Boden schießen, wohnte einst ein junger Mann aus Ingwerteig gemacht, namens Pfefferkuch. Unter seinen vielen lieben Freunden war ihm die liebste ein Mädchen ganz aus Marzipan geschaffen: Jeder nannte sie Honigherz.

Pfefferkuch und Honigherz wussten nicht mehr genau zu sagen, wann sie sich zum ersten Mal trafen – so lang war das schon her –, aber sie wussten noch, dass sie sich gleich von Anfang an gemocht hatten.

Seitdem sind viele Tage, Wochen, Monate und selbst Jahre über das Land aus Milch und Sirup, Baumkuchen und Krokant hinweggezogen und die Freundschaft von Pfefferkuch und Honigherz wurde immer inniger. Kein Tag verging, ohne dass sich die beiden nicht wenigstens einmal begegneten und plauderten und lachten und gemeinsam große Pläne schmiedeten.

Bis Pfefferkuch eines schönen Tages, es muss wohl im September gewesen sein, durch die kleine Stadt aus silbrigem und pastellfarbenem Zuckerguss, in der sie wohnten, lief und an der großen Konfettiweide unten am Marktplatz ein Schild aufgehangen sah. Auf diesem Schild stand geschrieben:

Achtung! Schönheitswettbewerb. Die Schönste im kleinen Land soll unsere neue Königin sein!

Schon viele Leute standen um das Schild herum und murmelten ganz aufgeregt. Als sie Pfefferkuch vorbeischlendern sahen, fragten sie ihn, ob er etwas darüber wüsste. Aber auch Pfefferkuch konnte sich keinen Reim darauf machen.

Was dies wohl zu bedeuten hätte? Solange man zurückdenken konnte, hatte noch nie jemand ein Schild an dem alten, ehrwürdigen Baum festgemacht. Erst recht nicht einen Schönheitswettbewerb ausgerufen.

Pfefferkuch lief schleunigst den krummen Hügel hinauf zurück zu dem kleinen blauen Haus, in dem er wohnte und das zufällig genau neben dem kleinen gelben Haus seiner besten Freundin Honigherz gebaut war.

Honigherz, die gerade vor ihrer kleinen runden Tür auf einer grünen Holzbank saß und mit heißem Wasser überbrühte Mandeln für das Abendessen pulte, sah Pfefferkuch eilig herankommen und grüßte ihn mit einem breiten Lächeln: »Pfefferkuch, warum kommst du denn so schnell herbeigeeilt? Pass bloß auf, dass du nicht stolperst und dir die Nase aufschlägst.«

Aber Pfefferkuch war schon heran und konnte kaum zu Atem kommen, so sehr aus der Puste war er. »Ho-nig-her-z! Wei-ßt du, was ich ge-se-hen ha-be? Unten am Marktplatz hat jemand ein Schild an der Konfettiweide aufgehangen. Darauf steht, dass es einen

Schönheitswettbewerb gibt und die Gewinnerin unsere neue Königin sein soll.«

»Oh«, sagte Honigherz, »was ist denn mit der alten Königin passiert?«

Pfefferkuch überlegte kurz und dann fiel es ihm wieder ein: »Ganz klein stand auf dem Schild geschrieben, dass sich die alte Königin zurückziehen und in den Urlaub nach Käsingen fahren will. Dort will sie ihre Cousine, die Herzogin von Butterbrot, besuchen und mit ihr gemeinsam die Rente genießen. Damit bei uns aber alles weiter seinen geordneten Gang gehen und sie die Regierungsgeschäfte tadellos übergeben kann, braucht sie eine Nachfolgerin. Und das soll die Schönste im kleinen Lande sein.«

»Das ist aber interessant«, entgegnete Honigherz. »Ich hoffe sehr, dass wir schnell die Schönste finden und die Königin bald ihre Freizeit genießen kann.

Das hat sie sich redlich verdient. Sie ist schon so lange auf dem Thron und hat immer dafür gesorgt, dass es uns gut geht und wir Milch und köstliches Sirup in den Bächen, Tannen aus Baumkuchen und Pilze aus Krokant haben. Was meinst du, Pfefferkuch, wer könnte wohl den Schönheitswettbewerb gewinnen?«, überlegte sie.

Pfefferkuch wurde auf einmal sehr verlegen und seine nussbraunen Bäckchen färbten sich in einem hellen Rosa. Schüchtern wandte er sich an Honigherz, die ihn mit ihren großen runden Augen erwartungsvoll ansah: »Weißt du, eigentlich habe ich gedacht, dass du beim Wettbewerb mitmachen könntest. Ich glaube, du wärst bestimmt eine sehr gute Königin für uns.«

Honigherz blickte ihn überrascht an. Dann musste sie kichern. »Hihi, du willst mich gerade veralbern. Nicht wahr? Warum sollte ich denn Königin sein? Ich bin doch gar nicht die Schönste!«

Aber Pfefferkuch blieb dabei: »Doch, doch! Für mich bist du das schönste Mädchen weit und breit. Du hast nicht nur die hellsten Augen und das fröhlichste Lächeln, sondern auch ein goldenes Herz voller Güte, Wärme und Mitgefühl. Und du bist sehr klug und hast immer gleich eine gute Idee, wenn jemand einmal nicht mehr weiterweiß.«

»Hm«, sagte Honigherz, »das ist sehr nett von dir, mein lieber Freund. Aber ich maße mir nicht an, nach den Sternen greifen zu wollen. Außerdem glaube ich nicht, dass ich eine Chance habe. Du hast wohl unsere drei Stadtschönheiten vergessen: Fräulein Mandelkern, Mamsell Sahnetörtchen und Püppchen Kirschkeks. Niemand hier ist so schön wie sie und mindestens eine von ihnen wird Königin sein wollen.«

»Das mag sein«, widersprach Pfefferkuch erneut, »aber du sorgst dafür, dass die Leute glücklich sind. Das weiß ich genau. Denn seit wir uns getroffen haben, wache ich jeden Tag noch glücklicher als am Vortag auf, weil ich weiß, dass wir zwei uns sehen. Du musst einfach ein bisschen Vertrauen in dich haben.«

Dem hatte Honigherz nun nichts mehr entgegenzusetzen, denn auch sie freute sich jeden Tag aufs Neue darauf mit Pfefferkuch zu sprechen. Aber das sagte sie ihm nicht. Stattdessen meinte sie: »Na gut. Wenn es dir so viel bedeutet, werde ich mitmachen.«

Und so ward schließlich beschlossen, dass Honigherz an dem Schönheitswettbewerb gleich am nächsten Tag teilnehmen täte. Aber dass sie Königin werden würde, daran glaubte sie nicht.

Kaum war am nächsten Morgen die Sonne aufgegangen und huschte mit ihren flinken Strahlen über die glitzernden Zuckerdächer der kleinen Stadt, trafen sich all ihre Bewohner und auch viele von weit her angereiste Leute unten am Marktplatz unter der Konfettiweide. Direkt unter dem dichten, bunt rieselnden Blätterdach war eine kleine Bühne aus rot angestrichenen Holzlatten aufgebaut. Über der Bühne wehte ein helles Banner mit nachtmeerblauem Rand, auf dem in leuchtenden Regenbogenbuchstaben »Schönheitswettbewerb« geschrieben stand. Darunter stand ein blankpolierter Thron aus Ebenholz auf dem ein gelbes Samtkissen mit goldenen Kordeln lag. Neben der Bühne spielte eine kleine Band lustige Musik, damit den Leuten über der ganzen Warterei nicht langweilig wurde.

Plötzlich schepperte der scharfe Ton einer Fanfare über die Menge. Die Musik der kleinen Band verstummte und alle drehten ihre Köpfe zur Bühne hin.

Auf der Bühne stand ein hagerer, älterer Mann in seinem gurkengrünen Mantel und entrollte gerade ein großes Blatt Papier. Es war der Minister der Königin: Eisenbart.

Als er begann vorzulesen, hörte jeder gespannt zu und wagte kaum zu atmen. »Volk! Heute haben wir uns hier getroffen, um die Schönste im kleinen Lande zu wählen. Die Gewinnerin dieses Schönheitswettbewerbes erntet nicht nur Ruhm und Reichtum als Schönheitskönigin, sondern wird auch als künftige Königin für das Wohl und Glück des kleinen Landes sorgen. Auf dass immer Milch und köstliches Sirup in unseren Bächen fließen, unsere Tannen aus Baumkuchen wachsen und Pilze aus Krokant aus dem Boden schießen. Möge die Schönste gewinnen. Wer sich der Wahl stellt, trete nun hervor!«

Aufgeregt drehten die Leute ihre Köpfe von links nach rechts und wieder zurück. Doch erst, als sich in ihrer Mitte eine kleine Gasse zur Bühne hin öffnete, konnten sie die Teilnehmerinnen sehen: Mit hoch erhobenen Häuptern, herausgeputzt wie Prinzessinnen und über und über mit pudrigem Glitzer und Tand bedeckt, schritten drei junge Damen zur Bühne.

Als erste lief Fräulein Mandelkern in einem vanilleeisfarbenen Kleid vorweg.

Hinter ihr tänzelte Mamsell Sahnetörtchen in einem minzefarbenen Kleid mit Sprenkeln so grün wie reife Pistazien einher.

Und schlussendlich riefen die Leute »Ah« und »Oh«, als Püppchen Kirschkeks in einem kirschrosafarbenen Kleid voller Rüschen und auf spitzen Schühchen die Bühne hinaufkletterte.

Die Leute konnten ihre Blicke kaum abwenden, als plötzlich jemand rief: »Seht mal, da kommt noch eine!« Und ein anderer fügte schnell hinzu: »Nun macht doch endlich Platz, damit sie durchkommt!« Und plötzlich sagten alle »Oooooh«, als sie erkannten, wer da in seinem schlichten Kleidchen durch die Menge zaghaft auf die Bühne zuschritt: Es war Honigherz.

Innerlich tobte in Honigherz ein kleiner Spätsommersturm. Das Herz schlug ihr wie wild bis zum Hals, als sie die schiefen Stufen zur Bühne erklomm. Kurz warf sie einen Blick über die vielen, vielen Köpfe. Ganz am hinteren Ende der Reihen entdeckte sie ihren Freund Pfefferkuch, der nur vor ein paar wenigen Augenblicken noch ihre Hand gehalten und ihr Mut zugesprochen hatte. Er winkte ihr zu und rief etwas. Aber sie konnte es nicht verstehen, so brauste der Krach in ihren Ohren. Erst als der Minister sie mit scharfer Stimme aufforderte, sich zu den anderen drei Teilnehmerinnen in die Reihe zu stellen, straffte sie ihren Körper, besann sich kurz und eilte an den hinteren Rand der Bühne zu Mandelkern, Sahnetörtchen und Kirschkeks.

Der Minister erklärte die Regeln des Schönheitswettbewerbs: »Jede der drei – nein! – vier Teilnehmerinnen soll ihre Schönheit auf die ihr eigenste Art und Weise präsentieren. Am Ende sollt ihr, das Volk, mit einem gebührenden Applaus abstimmen, wer eure neue Königin sein soll. Diejenige, die den meisten Applaus bekommt, gewinnt. Sie erhält dann ein neues Gewand, ein Zepter und eine Krone und wohnt fortan im Schloss der Königin. Dort regiert sie und sorgt jeden Tag dafür, dass ihr Volk mit Milch und köstlichem Sirup in den Bächen, Tannen aus Baumkuchen und Pilzen als Krokant glücklich ist.«

Die Menge johlte – einige klatschten auch voller Vorfreude in die Hände oder schnippten aufgeregt mit den Fingern – und schon trat die erste Teilnehmerin, Fräulein Mandelkern in ihrem vanilleeisfarbenen Kleid, nach vorn an den Rand der Bühne, um zu zeigen, warum sie die Schönste war. Mandelkern hatte lange geübt, verneigte sich tief vor dem Volk, kicherte kurz und sagte mit ihrer süßesten Stimme: »Ich bin die Schönste.« Das Volk klatschte begeistert in die Hände und wartete gespannt darauf, was die nächste Teilnehmerin zu bieten hatte.

Mamsell Sahnetörtchen schritt leichtfüßig an den Rand der Bühne, drehte sich zweimal um die eigene Achse, hob ihr minzefarbenes Kleid mit den Sprenkeln so grün wie reife Pistazien leicht an, tippte kurz mit dem linken und dann mit dem rechten Fuß auf die rot bemalten Bretter, machte einen hübschen Hofknicks, räusperte sich und sprach: »Ich bin die Schönste.« Das Volk klatschte und pfiff, was das Zeug hielt. Mamsell Sahnetörtchen wurde kurz etwas verlegen und dann schnell vom Minister zurück in die Reihe gescheucht. Denn nun sollte Püppchen Kirschkeks zeigen, weshalb sie die Schönste im Lande war.

Püppchen Kirschkeks holte tief Luft, streckte die Arme über den Kopf und begann sich rasend schnell wie ein Kreisel über die Bühne zu drehen. Ihr kirschrosafarbenes Kleid voller Rüschen wirbelte dabei so heftig um sie herum, dass man denken konnte, sie wäre ein toll gewordenes Kirsch-Muffin. Als Kirschkeks einmal an den linken Rand der Bühne, von dort aus zum rechten Rand der Bühne und von dort aus in die Mitte der Bühne gewirbelt war, hielt sie an, strich sich eine gelöste Haarsträhne aus dem erhitzten Gesicht und keuchte leicht außer Atem: »Nein. Ich bin die Schönste!« Das Volk tobte und konnte sich kaum halten. Von links und rechts prasselten bewundernde Pfiffe auf Püppchen Kirschkeks ein. Sie würde bestimmt eine schöne und starke Königin abgeben, mit der man sich nur ungern zanken würde.

Doch der Minister bat erneut um Ruhe. »Noch haben wir nicht entschieden. Eine letzte Teilnehmerin wartet darauf, ihre Schönheit zu beweisen. Nun, Kind, tritt hervor«, forderte der Minister Honigherz mit einer ungeduldig wedelnden Handbewegung auf, an den

Rand der Bühne zu kommen und sich dort ihrer Aufgabe zu stellen.

Honigherz war wie zu Stein erstarrt und konnte sich kaum bewegen, während Mandelkern, Sahnetörtchen und Kirschkeks neben ihr schon eifrig zu tuscheln begannen. Ihre Knie zitterten und gleichzeitig waren ihre Füße wie aus Blei gegossen.

Fern am Rand der Menge kniff Pfefferkuch die Augen zusammen und flüsterte: »Komm schon. Ich glaube an dich.«

Ein sanfter Wind wehte seine leise gesprochenen Worte hinüber zu Honigherz, die überrascht aufsah und weit hinten das freundliche Gesicht von Pfefferkuch entdeckte. Als ob Pfefferkuch direkt hinter ihr gestanden und ihr einen kleinen Schubser gegeben hätte, bewegte sich Honigherz nun zaghaft an den Rand der Bühne. Zahllose Augen blickten sie erwartungsvoll an. Aber ehe die Angst wieder Besitz von ihr ergreifen konnte, öffnete sie den Mund und sagte mit kristallklarer Stimme: »Ich bin nicht die Schönste.«

Die Menge verstummte – denn das hatte sie nicht erwartet – und hörte gebannt zu.

»Ich kann nicht besonders gut tanzen, keinen hübschen Hofknicks machen und auch nicht besonders schnell herumwirbeln«, fuhr Honigherz fort. »Ob ich eine gute oder auch weniger gute Königin wäre, kann ich deshalb nicht sagen. Ebenso wie eine Königin kaum im Voraus versprechen kann, dass alles so bleiben wird, wie es ist oder alles so ist, wie es im besten Falle sein kann. Aber ich würde mir von meiner Königin wünschen, immer ein offenes Ohr für jeden zu haben und sich um jeden Einzelnen im kleinen Lande zu kümmern. Das will ich versuchen. Denn das tut man so mit seinen Freunden und so sollte man es auch mit allen anderen halten.« Sie holte noch einmal Luft und setzte zum letzten Mal an: »Wenn ich in meinen Spiegel an der Wand schaue, dann sehe ich dort keine besondere oder große Schönheit, sondern einfach nur … mich«, endete Honigherz und atmete erleichtert aus.

Leise rieselten bunte Blättchen aus der Konfettiweide. Sonst war alles still. Nichts rührte sich.

Honigherz beschlich dasselbe unangenehme Gefühl, das einen trifft, wenn man etwas selten Dämliches gesagt oder vor einem riesigen, erwartungsvollen Publikum als einziger – und naturgemäß dann voller Inbrunst – den falschen Ton herausgeschmettert hat.

Verlegen wandte sie sich ab und schickte sich an, still zurück in die Reihe zu treten, als plötzlich ein tosender Applaus über sie hereinbrach. Die Leute jubelten und pfiffen und riefen ihren Namen ganz laut im Chor.

Ganz hinten in der letzten Reihe sprang ein aufgeregter Pfefferkuch auf und ab und versuchte seine beste Freundin über die vielen hüpfenden Leute hinwegzusehen. Aber Honigherz bekam davon nichts mit, denn der Minister verkündete mit lauter Stimme: »Nun, das Urteil ist wohl eindeutig. Die Schönste ist gefunden! Wir haben es zuerst vielleicht ganz sicher nicht gedacht: Es ist Honigherz! Sie soll ein passendes Gewand, ein Zepter und eine Krone erhalten und als neue Königin fortan in ihrem Schloss wohnen. Von dort aus soll sie die Geschicke und das Glück ihres Volkes im kleinen Lande lenken!«

Noch während er die Worte sprach, senkte sich aus der Konfettiweide ein wie aus Perlen gemachtes, schimmerndes Kleid über Honigherz, glitt ihr ein Zepter in die Hand und ließ sich eine schmale goldene Krone mit einem funkelnden Edelstein in der Mitte auf ihrem Kopf nieder. Das Volk setzte sie auf den blankpolierten Thron aus Ebenholz und trug sie unter Jubelgesängen zu einer wartenden Kutsche, vor die man vier eindrucksvolle Hallfallapferde gespannt hatte. Honigherz wurde in die Kutsche gesetzt, gut festgezurrt und schon zogen die Pferde an, um sie fort in ihr neues Zuhause zu bringen: das Schloss der Königin.

Unten am Marktplatz unter der noch ganz leise vor sich hin rieselnden Konfettiweide blieb allein zurück: Pfefferkuch.

»Ja! Ich wusste, dass Honigherz gewinnt! Aber vor lauter Leuten und wegen der ganzen Aufregung hat sie mich zum Schluss gar nicht mehr sehen können. Morgen«, sagte er, »gleich morgen gehe ich zum Schloss und besuche sie.«

Als Pfefferkuch am nächsten Morgen in seinem blauen Haus von den munter tanzenden Sonnenstrahlen wachgekitzelt wurde, flüsterte ihm sein erster Gedanke den Namen »Honigherz« ins Ohr.

Als er seine Tür öffnete und schräg gegenüber das kleine gelbe Haus seiner Freundin sah, waren dort alle Fensterläden verschlossen. Kein Rauch kam aus dem engen Schornstein. Er überquerte die holprige Straße aus buckligem Nussgestein, klopfte an die Tür und drückte die Klinke nach unten. Die kleine runde Tür blieb verschlossen, nichts bewegte sich. Nur die Blumen an der steinernen Schwelle nickten im Wind mit ihren zarten Köpfchen. So als wüssten sie, dass Pfefferkuch gerade eben einen winzigen Stich in seiner kleinen Brust verspürt hatte.

»Ach«, sagte Pfefferkuch und schlug sich mit der flachen Hand an die Stirn, »Honigherz wohnt doch jetzt im Schloss der Königin. Kein Wunder, dass ihr Haus abgeschlossen ist. Es soll ja wohl kein Fremder hineinkönnen. Ich werde sie besuchen gehen. Sie wird sich bestimmt freuen, mich zu sehen.«

Schnell packte Pfefferkuch ein wenig Proviant für den Weg ein, zog sich seine festen Schuhe an und marschierte los.

Er hatte einmal gehört, dass das Schloss der Königin hinter dem tiefen Wald mit den Bächen aus Milch und köstlichem Sirup, den Tannen aus Baumkuchen und den Pilzen aus Krokant zu finden war. Soweit gekommen war er selbstverständlich noch nie. Und auch niemand, den er kannte. Aber er musste vermutlich nur dem violetten Find-mich-Moos-Pfad folgen und schon würde er seine beste Freundin, die nun Königin des kleinen Landes war, in die Arme schließen. Denn der Pfad aus violettem Find-mich-Moos führte schließlich überall hin.

Nun verhält es sich so, dass auch ein kleines Land doch ziemlich groß sein kann, wenn man es zu Fuß durchwandern will. Vor allem, wenn das Land das Wörtchen »klein« im Namen trägt, bedeutet dies meist genau das Gegenteil von dem, was einen müden Wanderer erwartet.

Und so lief Pfefferkuch Stunde um Stunde den Pfad aus violettem Find-mich-Moos entlang durch den tiefen Wald, während die Sonne immer höher stieg und die Schatten erst sehr kurz und dann sehr schnell wieder sehr lang wurden. Wenn Pfefferkuch nach vorn sah, sah er nichts als Bäume. Wenn Pfefferkuch nach hinten sah, sah er nichts als Bäume. Und irgendwann war es vollkommen egal, in welche Richtung Pfefferkuch sah, denn er hatte sich rettungslos zwischen den hohen Baumkuchenstämmen im dichten tiefen Wald verlaufen.

Wie lang er unterwegs war, wusste Pfefferkuch nicht. Konnten es Stunden sein? Oder gar Tage? Oder

Wochen? Aber als seine Schritte immer schwerer und schleppender wurden, setzte sich Pfefferkuch auf den weichen Blütenteppich am Fuße einer hohen Mitternachtseiche und stellte erschöpft fest, dass sich Sonne und Mond just in diesem Augenblick die Hände gaben und ihre Schicht wechselten.

Nun saß Pfefferkuch mitten in der Nacht allein mittendrin im tiefen Wald. Und wer von euch schon einmal mitten in der Nacht allein oder meinetwegen auch zu zweit in einem tiefen oder auch nicht so tiefen Wald festgesessen hat, der weiß zu sagen, dass einem das wahrlich keinen Spaß bereitet. Überall knackte und raschelte es.

Als die Motten begannen im Mondlicht ihren heimlichen Tanz aufzuführen (, den man nur verstehen kann, wenn man ganz doll schielt und dabei noch mit dem rechten Auge sehr schnell blinzelt,) und das Dunkel um Pfefferkuch herum anfing lebendig zu werden, hörte er das Geräusch gewaltiger Schwingen durch die Luft rauschen. Über ihm knackste gefährlich ein Ast. Die Luft um ihn herum erzitterte. Erschrocken rief er in die Nacht: »We-er da-a?« Tief aus den Schatten über ihm antwortete eine hohle Stimme: »Bubuuu, Bubuuu.«

Aus dem knorrigen Geäst des großen Baumes schälte sich eine riesige Gestalt. Zuerst musste Pfefferkuch an ein großes, schwarzes Ei aus Federn denken. Aber dann sah er, dass das vermeintliche Riesenei am oberen Ende zwei Spitzen hatte. Fast so, als säße links und rechts jeweils ein, wenn auch kleines, so doch beeindruckendes Hörnchen. Ein feuriges Halbmondpaar blitzte in der oberen Mitte des sonst vollkommen finsteren Eies auf und plötzlich war die ganze Lichtung am Fuß der Mitternachtseiche in gleißend helles Licht getaucht. Denn jetzt hatte die Rieseneule ihre Augen, die taghell wie Scheinwerfer leuchten konnten und von denen jedes mindestens so groß und rund wie der Mond war, geöffnet. Erst da konnte Pfefferkuch sehen, wie gewaltig das Tier war und dass sein goldgelbes Gefieder wie das Fell eines Löwen von einem orangeglühenden Schein überzogen wurde. Das nächste, was Pfefferkuch ins Auge fiel, waren ein scharfer Schnabel und zwei riesige Paar Krallen, die sich tief in die Rinde des alten Baumes bohrten.

»Guten Abend. Ganz allein hier draußen?«, fragte die Rieseneule mit ihrer tiefen Stimme.

»Ja«, antwortete Pfefferkuch.

»Oh, prima«, frohlockte die Rieseneule, »dann können wir ein Spiel spielen.«

»Warum?«, fragte Pfefferkuch.

»Wenn du gewinnst, werde ich dich nicht fressen«, sagte die Rieseneule.

»Sondern?«, fragte Pfefferkuch ohne nachzudenken, so erschrocken war er.

»Dann hast du einen Wunsch frei«, sagte die Rieseneule und kratzte sich mit dem Schnabel unter ihrem rechten Flügel, pickte ein saftiges Insekt aus ihrem Gefieder und knackte es genüsslich mit ihrem scharfen Schnabel auf. »Aber versprich dir nicht zu viel.«

»Abgemacht«, sagte Pfefferkuch, »wollen wir Raten spielen?«

»Du fängst an«, sagte die Rieseneule.

Pfefferkuch war gut im Raten. Er hatte das schon oft mit Honigherz und seinen Freunden gespielt – und war sich ziemlich sicher, dass es ihm sehr leicht fallen würde die Rieseneule zu besiegen. Er überlegte kurz und sprach:

»Dottergelb auf sumpfig Flur nur,

starr ich hoch die Sonne an.

Wink im Herbst ihr leis' zum Abschied,

denn ich bin ...?«

»... Ein Löwenzahn. Ja, ja.«, vollendete die Rieseneule den Reim und putzte sich abwesend mit dem Schnabel die Krallen. »Langweilig.«

»Das mag sein«, antwortete Pfefferkuch. »Aber du hast trotzdem falsch geraten! Die richtige Lösung lautet Trollblume! Gemeiner Löwenzahn wächst in der Tat fast überall; Trollblumen aber nur dort, wo es feucht und sumpfig ist. Du musst schon etwas aufmerksamer sein.«

»Verdammt«, schimpfte die Rieseneule. »Aber jetzt bin ich dran! Nimm dich gut in Acht.« Sie rappelte sich auf, knackte kurz mit den Halsknochen, fixierte Pfefferkuch mit ihren großen Scheinwerferaugen und fing an:

»Meld ich mich lautlos,

dann musst du mich stillen.

Hörst du mich knurren,

sei schnell mir zu Willen.

Sonst kneif ich und zwick ich dich,

geb keine Ruh.

Läßt du mich darben,

dann leidest auch du.«

»Hm«, sagte Pfefferkuch, »schwierig.«

»Na, na, na?«, hoppelte die Rieseneule aufgeregt auf dem ächzenden Ast hin und her. »Weißt du es denn nicht?«

»Ich überlege noch«, sagte Pfefferkuch und runzelte ärgerlich die Stirn. Die Lösung wollte ihm partout nicht einfallen, zumal er sich mit nüchternem Magen einfach nicht konzentrieren konnte. Unvermittelt platzte es aus ihm heraus: »HUNGER! Du meinst Hunger!«, rief Pfefferkuch von sich selbst überrascht. »Wenn man

Hunger hat, soll man was essen. Sonst knurrt einem der Magen und zwackt ganz fürchterlich. Und der Hunger wird nur noch größer! Jetzt habe ich zweimal gewonnen und du noch keinmal.«

»Das gilt nicht«, sagte die Rieseneule eingeschnappt. »Noch eine Runde. Die soll entscheiden, wer gewinnt. Ja?«

»Aber ...«, wollte Pfefferkuch einwenden.

»Keine Widerrede«, unterbrach ihn die Rieseneule forsch. »Entweder wir spielen noch eine Runde oder ich fresse dich einfach gleich auf.«

Pfefferkuch dachte nach. Wenn er jetzt verlor, dann würde er es dem schillernden Insekt wohl gleichtun müssen und als Abendmahlzeit für die Rieseneule enden. Dazu stand ihm heute so gar nicht der Sinn. Endlich raffte er sich auf, atmete tief durch und begann:

»Was trage ich bei mir,

man sieht es wohl nicht?

Es wird jeden Tag mehr,

es sei denn es zerbricht.

Zerteil ich es zwanglos

und ohne zu zagen,

dann macht es uns reicher

an all unseren Tagen.«

Pfefferkuch hielt die Luft an und wartete, was nun geschehen würde. Ob die Rieseneule die richtige Antwort dieses Mal wüsste und er sich von ihr fressen lassen müsste? Sekunden vergingen wie Minuten. Minuten vergingen wie Stunden. Irgendwo wurden neue Sterne geboren, glühten hell auf und erstarben in einem letzten Aufbäumen gleißend hellen Lichts. Langsam wurde Pfefferkuch unruhig.

»Freundschaft«, sagte die Rieseneule plötzlich und sah Pfefferkuch prüfend an. »Und weil mir das ganz gut gefällt, will ich dir meine Freundschaft auch gern anbieten und dir deinen Wunsch erfüllen.«

Pfefferkuch klatschte erleichtert in die Hände. Zum einen war er sehr froh, nicht verspeist zu werden. Zum anderen freute er sich, einen neuen Freund gefunden zu haben. Zumal dieser ziemlich groß und sehr beeindruckend war.

»Na, was ist dein Wunsch?«, fragte die Rieseneule, die ihren Hunger offenbar voll und ganz vergessen hatte. »Sag schnell. Bald bricht der Morgen an und dann muss ich schlafen.«

Pfefferkuch überlegte kurz: »Hm, genaugenommen habe ich ZWEI Wünsche!«

Die Rieseneule schielte misstrauisch zu ihm herunter.

»Als Erstes wüsste ich sehr gern, wie dein Name lautet. Und als Zweites bitte ich dich, mich zum Rand des tiefen Waldes zu tragen, damit ich schneller zum Schloss der Königin gelange. Dort werde ich meine Freundin Honigherz wiedersehen.«

Die Rieseneule brummelte in sich hinein und nuschelte verlegen: »Schleierkautz. Man nennt mich Schleierkautz. Mit Thezett am Ende.«

»Das ist ein sehr schöner Name. Er passt gut zu dir«, meinte Pfefferkuch.

»Wirklich? Findest du?«, fragte Schleierkautz sichtlich erfreut zurück.

»Ja, auf jeden Fall. Und es ist schön, dich kennenzulernen, Schleierkautz. Mein Name ist Pfefferkuch.«

Schleierkautz bubuuute freundlich, verbeugte sich kurz auf Rieseneulenweise und Pfefferkuch machte es ihm – nur ein klein wenig ungelenker – nach.

»Gut. Jetzt haben wir das geklärt. Am besten fliegen wir gleich los, damit ich dich rechtzeitig zum Rand des tiefen Waldes bringen kann. Dahinten sehe ich schon die ersten Sonnenstrahlen über die Wipfel der Bäume klettern.«

Die Rieseneule breitete ihre Schwingen aus, glitt vom bebenden Ast der Mitternachtseiche hinunter und ergriff mit ihren starken Krallen vorsichtig Pfefferkuchs ausgebreitete Arme. Noch ehe dieser bis drei zählen konnte, stieß Schleierkautz schon durch das dichte Blätterdach des tiefen Waldes und trug seine kleine Last hoch hinauf in die Lüfte.

Fern am Horizont sah Pfefferkuch einen silbrigen Streifen Licht, der immer goldener wurde. Bis plötzlich mit einem kurzen Ruck die Sonne über den Rand der Welt stieß und ihre hellen Finger über die noch dunkelgrünen Baumwipfel tasten ließ.

Jetzt konnte Pfefferkuch sehen, wie weit noch sich der tiefe Wald in alle Richtungen ausbreitete und wie weit schon er allein mit seinen kleinen Füßen gekommen war. Doch er sah auch, dass er bei Weitem noch nicht weit genug gekommen war. Und so war er froh, dass ihn Schleierkautz zum Rand des tiefen Waldes tragen wollte.

Unter sich sah er immer wieder durch die Bäume den sanft glimmenden violetten Find-mich-Moos-Pfad dahinziehen. Als das Tageslicht immer heller wurde, konnte er auch sehen, wie die Tiere des Waldes langsam erwachten. Wo die Eichhörnchen noch ganz schlaftrunken durch die Bäume purzelten, die Rehe den kühlen Tau von den Blättern schlürften und die Biber verstohlen zur Morgentoilette huschten.

Als sie den Rand des tiefen Waldes erreichten konnte Pfefferkuch aus seiner luftigen Höhe über die sanft wellige große Ebene hinweg die weißen Fahnen auf den purpurfarbenen Turmspitzen des Königinnenschlosses erkennen. Zwischen dem saftigen Grün, Gelb und Bronze der Felder schlängelte sich ein schmaler Weg, von rotem Mohn, blauen Kornblumen und singenden Silberdisteln gesäumt, auf die fernen Zinnen zu.

»Da«, rief er Schleierkautz zu, »da muss ich hin!«

»Dann«, antwortete Schleierkautz, »werde ich dich hier absetzen. Denn das Licht blendet mich schon eine ganze Weile und ich bin müde vom vielen Tragen. Ich will mir eine dunkle Höhle suchen und den Tag verschlafen. Jetzt weißt du ja, wo du lang musst. Mach's gut und ganz viel Glück auf deiner weiteren Reise!«

Damit setzte die Rieseneule Pfefferkuch am schattigen Rand des tiefen Waldes ab, verbeugte sich kurz und stieß sich mit ihren mächtigen Schwingen zurück in die noch kühle Morgenluft.

Pfefferkuch blickte dem riesigen Vogel, der immer kleiner wurde, nach und winkte ihm zum Abschied. Dann trat er aus dem Schatten der Bäume heraus, setzte einen Fuß auf die warme Erde des sanft dahingleitenden schmalen Weges und ging los in Richtung Schloss der Königin, dessen Türme nun nicht mehr so nah aussahen, wie sie es eben noch aus größer Höhe betrachtet taten.

Pfefferkuch kam an blühenden Wiesen, Feldern mit dicken Kornähren und Weiden mit buntgescheckten Kühen vorbei. Während die Landschaft wie in großen Wogen an ihm vorbeizog, pfiff er vergnügte Liedchen vor sich hin. Eins davon trug den passablen Titel »Anfang und Ende« und ging in etwa so:

Ein Weg gleitet den Hügel an,
führt durch die Welt und irgendwann
trifft er auf sein Ziel.
Der Weise geht ihn mit Bedacht.
Er eilt nicht, sondern schreitet sacht,
Zeit gilt ihm oft nicht viel.

Er blickt nach links, er blickt nach rechts,
nicht bloß geradeaus.
Das, was er von dem Wege lernt,
das macht den Wandrer aus.

Ein Weg gleitet den Hügel an,
führt durch die Welt und irgendwann

trifft er auf sein Ziel.
Der Weise fügt sich seinem Lauf,
folgt wachsam ihm und achtet auf
die Regeln seines Spiels.

> *Er blickt nach links, er blickt nach rechts,*
> *nicht bloß geradeaus.*
> *Das, was er von dem Wege lernt,*
> *das macht den Wandrer aus.*

Ein Weg gleitet den Hügel an,
führt durch die Welt und irgendwann
trifft er auf sein Ziel.
Der Weise zollt ihm scheu Respekt,
stößt nie auch nur ein Steinchen weg,
zeigt treu ihm Ehrfurcht still.

> *Er blickt nach links, er blickt nach rechts,*
> *nicht bloß geradeaus.*
> *Das, was er von dem Wege lernt,*
> *das macht den Wandrer aus.*

Wer achtlos auf dem Wege läuft,

kommt keinen Schritt voran.

Nur wenn der Weg ihm gnädig ist,

wird er ein weiser Mann.

Immer wenn eines der Liedchen zu Ende war und ein neues noch nicht begonnen hatte, spürte er in der winzigen Pause dazwischen, dass sich der schmale Weg zäh und zäher anfühlte. Sobald aber die Töne wieder über seine Lippen kamen, flog die Welt erneut nur so an ihm vorbei. Was für ein Spaß das war!

Einmal half er einem Bauern kurz vor der Mittagszeit, seinen schwer mit Heu beladenen Karren an den Rand des schmalen Weges zu schieben, damit andere Leute mit ihren Wagen vorbeifahren konnten und nicht bremsen oder gar länger warten mussten. Der Bauer bedankte sich freundlich bei Pfefferkuch und lud ihn ein, sein Mittagessen mit ihm zu teilen. Pfefferkuch aber lehnte höflich ab, denn er musste ja weiter und noch vor Einbruch der Nacht das Schloss der Königin erreichen. Wer weiß, was ihm diesmal begegnen würde, sobald die Dunkelheit hereinbrach. Nein, das wollte er nicht riskieren.

Je näher er dem Schloss der Königin kam, umso mehr der reichen Verzierungen aus Zuckerguss und Backwerk konnte Pfefferkuch an seinen Mauern, Türmchen und Erkern erkennen.

Mit offenem Mund blieb er kurz stehen, denn mit jedem Schritt, den er dem Schloss zu Leibe rückte, enthüllte es neue Raffinessen und Eigentümlichkeiten. So waren seine dicken Spekulatius-Mauern von Wölkchen hauchzarter Zuckerwatte in den verschiedensten Farben gekrönt. Seine hohen Türmchen waren mit Backsteinen aus Blockschokolade in den tollsten Sorten gebaut und die spitz zulaufenden Dächer waren mit glitzerndem Puderzucker bestäubt und jedes von ihnen mit einer glasierten, rot leuchtenden Kirsche bestückt. Die Fenster aber! Die Fenster bestanden aus hauchdünnem buntem Zuckerglas, durch das sich das Licht in tausend Farben brach und sehr heilige, aber auch sehr flüchtige Muster auf den Boden aus Marmorkuchen presste.

Einzig die großen Flügel des Schlosstores waren nicht aus Backwerk, sondern aus massivem Holz. Das Holz kam von einer Tante zweiten Grades der Mitternachtseiche, die bei einem Sturm einfach mir nichts dir nichts umfiel, alt wie sie war. Und weil man sie zum passenden Zeitpunkt nett fragte und sie keine Lust dazu hatte, einfach bloß herumzuliegen, hat sie ihr Holz ohne viel Aufhebens darum dem Schloss gespendet.

Nun war dies aber kein normales Holz: Niemand, der nicht sollte, konnte dieses Holz dazu bewegen, den Weg ins Schloss freizugeben, wenn es der Königin, ihrem Minister oder der Schlosswache nicht genehm war. So war das Schloss der Königin nicht nur ein ganz besonderes Schloss, sondern auch ein sehr sicheres.

Pfefferkuchs Weg lief über eine schmale Brücke, unter der sich ein Bächlein aus – na, ihr wisst schon woraus! – hindurchzwängte, direkt auf das Schloss zu. Das große hölzerne Tor stand weit offen. Pfefferkuch konnte geradewegs hindurch in das Schloss der Königin, das innen groß wie eine kleine Stadt und von vielen Gassen durchzogen war, sehen. Links und rechts der eindrucksvollen Torflügel stand jeweils ein Schlosswächter in blitzblanker Rüstung und mit einer großen, spitzen Lanze in der Hand. Als Pfefferkuch sich anschickte das Tor zu passieren, kreuzten beide Wächter plötzlich ihre Lanzen miteinander und versperrten ihm den Weg. Hier kam er nicht so einfach durch.

»» Guten Tag meine Herren. Wie geht es denn?«, fragte Pfefferkuch und verbeugte sich höflich. »Möchtet ihr mich nicht durch dieses Tor ins Schloss der Königin, meiner besten Freundin Honigherz, lassen?«

»Königin Honigherz? Deine beste Freundin? Das glauben wir dir nicht!«, lachten die Wächter mit blechernen Stimmen in ihre Rüstungen hinein.

»Tagaus, tagein hat unsere Königin Honigherz so viel zu tun, dass sie vergisst zu essen und zu trinken, wenn man es ihr nicht sagt«, sprach der eine Wächter.

Der andere fügte beinahe ohne Pause hinzu: »Und vergisst zu schlafen, wenn man sie nicht daran erinnert. Sie hat ein offenes Ohr für jeden und deswegen wohl kaum Zeit für so etwas wie einen besten Freund. Schon gar nicht so einen wie dich dahergelaufenen Schlingel.«

Der linke Wächter schielte Pfefferkuch argwöhnisch an: »Hast du dich überhaupt angemeldet? Zeig mal deinen Passierschein vor.«

»Meinen WAS?«, fragte Pfefferkuch ratlos. »Sowas kenne ich gar nicht. Ich will doch nur Honigherz besuchen.«

»KÖNIGIN Honigherz I.«, korrigierte ihn der rechte Wächter. »Dafür musst du angemeldet sein und brauchst einen Passierschein.«

»Gut. Wenn es denn nicht anders geht. Wo bekomme ich denn so einen Pas-sier-schei-n her?«, erkundigte sich Pfefferkuch.

»Na bei uns«, antwortete wieder der linke Wächter.

»Oh. Na dann ersuche ich höflichst um eine Anmeldung und einen Passierschein, bitte«, freute sich Pfefferkuch. Das war ja einfacher als gedacht.

»Geht nicht«, sagte der rechte Wächter.

»Aber WARUM denn nicht?« Pfefferkuch wusste sich langsam nicht mehr weiterzuhelfen.

»Weil wir gleich Feierabend haben«, sagten beide Wächter freudestrahlend und gleichzeitig wie im Chor. »Dieser Weg bleibt dir deshalb verwehrt.« Damit schlugen sie knallend ihre Hacken zusammen, nahmen wieder ihre steife Haltung ein und würdigten Pfefferkuch keines weiteren Blickes mehr.

Pfefferkuch war verzweifelt. So weit war er gekommen. Hatte den tiefen Wald durchquert, an der Mitternachtseiche die Rieseneule Schleierkautz kennengelernt und zum Freund gewonnen, einem Bauern geholfen und den schmalen Weg hinter sich gebracht. Und nun stand er direkt vor dem Schloss der Königin und kam nur deshalb nicht hinein, weil zwei pedantisch genauen Schlosswächtern seine Nase offenbar missfiel.

»Was soll ich nun tun?«, seufzte Pfefferkuch.

»Einfach hereingehen, Jungchen«, knarzte das Tor genervt zurück.

Erschrocken blickten Pfefferkuch und die beiden Wächter das runzlige Holz an. Das Tor glotzte zurück. Sein Gesicht bestand aus mehreren symmetrisch angeordneten Astlöchern – wovon zwei nicht ganz gleichgroße Löcher die Augen darstellten, wodurch das Tor etwas schielte – und einem nicht ganz glatt gehobeltem schiefen Astzinken, der die Nase war. Ein tiefer, dunkler Riss im Holz war der gezackte Mund – und dieser Mund sah in jenem Moment nicht gerade sehr freundlich aus.

»D-d-das T-t-tor spr-spr-spricht«, stotterte der linke Wächter verblüfft.

»Gut erkannt. Und wisst ihr was, Jungs«, schnodderte das Tor die Wächter an, »ich find's ja prima, dass ihr euren Job so tüchtig und geflissentlich macht! Wirklich! Aber eure verflixte Bü-roh-krach-tieè ist manchmal ganz schön närrischer Mumpitz! Jetzt reißt euch mal zusammen, schickt einen Boten zur Königin und lasst den Kleinen endlich rein! Er hat einen weiten Weg hinter sich und ich werde nicht akzeptieren, dass er hier vor meiner Nase die Nacht verbringt! Wo kommen wir denn da hin? Meine Güte!! Wenn das jetzt nicht ratzfatz geht, schwöre ich euch hoch und heilig bei allen knorrigen Bäumen des tiefen Waldes, dass ihr keine einzige Nacht eures Lebens mehr ruhig in euren Betten schlaft. Ja, ich kenne das Holz eurer Betten, Nachttöpfe und Suppenlöffel noch persönlich! Und ich habe BEZIEHUNGEN!«

»Och, das ist jetzt aber unfair«, jammerte Werhart, denn so hieß der rechte Wächter, betreten. Dann entschied er sich dafür auf den Boten zu verzichten, nahm stattdessen seine eigenen Beine stracks in die Hand und flitzte wie ein geölter Blitz durch das Tor hinein in das Schloss der Königin, um Pfefferkuch pflichtgemäß anzumelden.

Lanzspitz, so hieß der linke Wächter, hätte liebend gern mit seinem davoneilenden Kollegen getauscht, um sich damit der hochnotpeinlichen Situation zu entziehen. Nun blieb ihm aber nichts anderes übrig, als unter den tadelnden und, nun ja, etwas einschüchternden Blicken des Tores von einem Fuß auf den anderen zu treten.

Plötzlich schrillte ein, links neben dem Tor in einer versteckten Nische der Schlossmauer angebrachtes, kleines und unauffälliges Telefon. Lanzspitz nahm den klobigen Hörer ab, grummelte ein paar unverständliche

Worte in die Sprechmuschel, hörte einer fiepsigen Stimme am anderen Ende der Leitung zu, verabschiedete sich und legte wieder auf, kehrte an seinen alten Platz vor dem Tor zurück und kollerte leise und unzufrieden vor sich hin.

Endlich nach einer geraumen Weile – vermutlich hatte er genau diese eine spezielle Weile gebraucht, um seine Stimme wiederzufinden – raffte er sich zusammen, nahm erneut seine steife Torwächterhaltung ein und sagte mit drei deutlichen Pausen zwischen den beiden mühselig hervorgepressten Wörtern zu Pfefferkuch: »Zugang … … … gewährt!«

Pfefferkuch sprang in die Luft, jubelte kurz, gab dem Tor beim Durchflitzen dankbar einen imaginären Handschlag und setzte seinen Weg in das Schloss der Königin fort. Hinter ihm färbte eine strahlende Scheibe den Horizont bereits rot.

Pfefferkuch hüpfte gut gelaunt durch die Höfe und überdachten Passagen des großen und weitläufigen Schlosses. Überall waren lange Banner mit dem Portrait von Königin Honigherz I. aufgehangen. Und auf jedem Banner stand ein anderer Satz, den sie wohl einmal gesagt hatte und an die sich ihr Volk erinnern sollte. Das meinte zumindest der Minister.

Schließlich erreichte Pfefferkuch einen luftigen, hellen Platz, in dessen Mitte dickflüssige Schokolade aus einem kunstvoll verzierten Brunnen in die Höhe blubberte und wieder zurück in ein rundes Becken am Fuß der Fontäne klatschte. Aber Pfefferkuch hatte kaum einen Blick dafür übrig, denn auf der anderen Seite des Platzes sah er den Thronsaal. Und der Thronsaal stand offen.

Mit langsamen Schritten ging Pfefferkuch auf den Thronsaal zu. Als er durch die großen, aus glänzendem Zuckerglas gefertigten und von feinen Lakritzadern durchzogenen Türflügel schritt, nahm er einen leichten Duft von süßen Zitrusfrüchten und Marzipan wahr. Endlich war er angekommen.

Ganz hinten im Thronsaal, neben dem blankpolierten Thron aus Ebenholz, sah Pfefferkuch ganz winzig eine verschwommene, schlanke Gestalt stehen. Die Gestalt war nur schwer und sehr schemenhaft zu erkennen, denn sie wurde bloß vom einsamen Licht einer kleinen zittrigen, fast heruntergebrannten Vulgur-Kerze beleuchtet. Das musste sie sein. »Honigherz, da bist du ja!« Das Herz klopfte ihm bis zum Hals. Pfefferkuch lief los.

Kurz schaute der Minister von seinem Protokoll auf, als Pfefferkuch auf dem spiegelglatt gewienerten Fondantparkett ausrutschte, mit einem lauten Schrei und wedelnden Armen geschwind wie das Licht auf ihn zu rutschte, und stellte fest, dass es zum Beiseitetreten etwas zu spät und zum Hochspringen leider noch etwas zu früh war.

Mit einem ohrenbetäubenden Rasseln rutschte Pfefferkuch in den steifen Minister hinein, verknotete sich mit dessen Armen und Beinen und kullerte noch einige Meter weit mit ihm über den Boden, wobei eine achtlos fallengelassene, scharfgewetzte Schreibfeder den sonst wohl unaufhaltsamen Lauf dieser komischen Kugel ruckartig stoppte und den Minister kurz daran erinnerte, dass auch er ein von körperlichen Gefühlen geplagtes Wesen sei. Zumindest ließ der spitze Schrei, den der Minister quiekend ausstieß, unverbindlich darauf schließen.

»Verdammt nochmal!«, fauchte der Minister den zerzausten Pfefferkuch an, während er selbst sich sein silbriges Haar glattstrich, die langen gurkengrünen Kleider zurechtrückte und seine ungeheuer wichtigen Papiere ordnete. »Erst kommt dieser dusselige Wächter hier an und meldet kurz vor Feierabend einen weiteren Besucher, weil ein Holztor es ihm unter Androhung von lebenslangem Schlafentzug aufgetragen hat. Und dann rauscht hier ein offensichtlich verrückt gewordener Tunichtgut wie besessen durch die Flure und bringt alles durcheinander! Was treibst du hier?«

»I-i-ich …, also …, m-m-mein Name ist Pfefferkuch und i-i-ich suche meine beste Freundin Honigherz. Sie wohnt hier und ist Königin«, stammelte Pfefferkuch.

»Ach, so ist das«, säuselte der Minister, »na dann wollen wir die Königin doch mal herbeipfeifen und euch zusammenbringen, was?«

»Oh, ja. Gerne. Wenn das ginge. Ich bin so lange unterwegs und will sie endlich wiedersehen. Früher haben wir uns jeden Tag … «, wollte Pfefferkuch noch ansetzen, aber der Minister schaute ihn scharf an und brachte ihn mit einem einzigen stechenden Blick zum Schweigen.

»Die Königin ist niemandes beste Freundin! Sie ist die Königin. Sie ist hier. Sie regiert. Und sie sorgt damit für das Geschick und das Glück ihres Volkes. Sie hat keine Zeit, sich mit dir zu beschäftigen. Und jetzt ist sie nicht da. Sie hatte einen langen Tag und ruht sich aus.«

Sich schon abwendend, fügte er den Thronsaal verlassend noch hinzu: »Am besten gehst du zurück nach Hause und wir vergessen diese unleidige kleine Geschichte. Diese eine Nacht kannst du meinetwegen noch hier verbringen. Danach verschwindest du.«

»Nach Hause«, wiederholte Pfefferkuch ungläubig und blickte zu Königin Honigherzens hoch an der Wand hängendem Portrait auf. »Nach Hause? Aber da komme ich doch her. Ich habe mich auf den Weg gemacht, um Honigherz zu finden. Und nun, da ich es so gut wie geschafft habe, soll ich umkehren? Das glaube ich nicht. Das KANN nicht wahr sein. Hat sie mich schon vergessen? Hat ihr unsere Freundschaft nichts bedeutet? Habe ICH ihr nichts bedeutet? War jetzt alles umsonst?«

Leise weinend schlief Pfefferkuch auf dem zwar schönen, aber trotzdem sehr kalten Boden im Thronsaal vor dem Thron seiner verlorenen Freundin Honigherz ein. Sie war jetzt seine Königin. Eine ferne Königin.

Eine kristallklare Träne kullerte aus seinem Augenwinkel, rollte sein Bäckchen hinunter, fiel kurz durch die Luft und zerplatzte auf dem Boden in feine, salzige Wassertropfen. Hinter den glasigen Scheiben ging der Mond auf.

Königin Honigherz schlief schlecht. Den ganzen Tag hatte sie Leute empfangen und sich deren Sorgen angehört. Jedem hatte sie einen guten Rat erteilt. Und jedes Mal, wenn sie kurz durchatmen wollte, führte der Minister die nächste Person an ihren Thron heran und sie musste von vorne zuhören, ihren guten Rat erteilen und dann sollte sie auch schon die nächste Person empfangen.

Selbst Fräulein Mandelkern, Mamsell Sahnetörtchen und Püppchen Kirschkeks in ihren farbigen und prachtvollen Kleidern waren erschienen, hatten höflichst geknickst und sie geschwind gefragt, wer denn nun, da ja jetzt sie selbst die neue Königin sei, von ihnen drei Verbliebenen die Schönste wäre.

Honigherz hatte ehrlich geantwortet, dass jede ihre eigene Schönheit besäße und nicht mit einer der anderen zu vergleichen sei. Genauso wie man Vanilleeis nicht mit süßer Minze und süße Minze nicht mit

Kirsch-Muffins vergleichen kann. Wenn es ihnen aber so wichtig wäre, so solle jede einmal pro Woche die Schönste von allen sein dürfen und sich hochleben lassen. Damit waren sie es zufrieden, zogen von dannen und teilten eiligst die Wochentage unter sich auf. So läuft das bis heute.

Honigherz war zwar erst kurz Königin, aber sie freute sich, wenn sie den Leuten im kleinen Land helfen konnte. Es machte sie stolz und glücklich. Aber es machte sie auch sehr müde. Manchmal lief sie dann nachts durch ihr großes Königinnenschloss und dachte über das nach, was am Tage passiert war. Manchmal dachte sie auch gar nicht nach, sondern sah einfach aus den hohen Fenstern auf ihr kleines Land hinunter. Wenn sie dann sah, dass in den Bächen Milch und köstliches Sirup floss, in den Wäldern die Tannenstämme aus Baumkuchen wuchsen und Pilze aus Krokant aus dem Boden schossen, war sie für kurze Zeit glücklich.

Aber dann vermisste sie wieder etwas. Nur fiel ihr nicht ein, was genau das sein konnte.

In einer dieser blauen Nächte – ihr wisst genau in welcher – kam sie in den stillen Thronsaal hinab und entdeckte dort eine schlafende Gestalt. Beim Näherkommen erkannte sie, dass es sich fraglos um einen jungen Mann handeln musste. Er hatte sich zusammengekauert und sein Gesicht in seinen Armen verborgen. Sein Duft kam Honigherz irgendwie bekannt vor.

Ein bisschen war es so, als würde man sich an etwas in sehr weiter Ferne erinnern. So wie einen der Geruch eines Fingers voll ungebackenen Plätzchenteigs mit einem Schuss Rum und Rosinen aus Großmutters Schüssel daran erinnern kann, wie es war, als man noch sehr klein war. Oder wie einen der Duft frisch aufgeschnittener goldgelber Apfelspalten auf einem weißen Obsttellerchen, die man selbstverständlich höchstens im Vorbeigehen aß, an genau den Sommer erinnerte, in dem man unglücklich vom Baum fiel und sich das Bein brach. Manchmal hilft es dann, wenn man die Augen fest zusammenkneift, und man kann vielleicht jede Einzelheit von damals erkennen. Dann muss man die Erinnerung schnell gut festhalten. Sonst weht sie eilig wie Dunst wieder davon.

Honigherz aber sah keine Erinnerung vor sich, so müde war sie. Sie sah nur, dass der junge Mann auf dem kalten Boden wohl frieren musste, zog ein weiches Tuch von ihrem blankpolierten Thron und deckte ihn damit zu.

Als das Tuch lautlos über ihn glitt, seufzte der junge Mann leise und zog sich den warmen Stoff enger um die Schultern. Dabei enthüllte er sein Gesicht und Honigherz sprang erschrocken zurück. »Pfefferkuch!«, entfuhr es ihr laut. Und davon wachte Pfefferkuch natürlich auf.

»Oh mein Pfefferkuch«, schluchzte Königin Honigherz und drückte ihren alten Freund an sich, denn die Freude über das unverhoffte Wiedersehen überwältigte die herzensgute Königin. »So lange habe ich dich nicht ge-se-hen. Ich weiß gar nicht, was ich ohne dich gemacht habe. Um jeden einzelnen habe ich mich gekümmert, für jeden immer ein offenes Ohr gehabt. Nur an dich habe ich nicht denken können. Dabei warst du es, der doch immer an mich geglaubt hat. Oh, mein Pfefferkuch, du musst mir unbedingt verzeihen.«

»Honigherz, da bist du ja endlich!« Pfefferkuch hatte zuerst geglaubt zu träumen, merkte aber nun, dass er wach und Honigherz leibhaftig bei ihm war. »Ich bin so weit gegangen und habe nach dir gesucht. Den ganzen tiefen Wald und den schmalen Weg habe ich hinter mir gelassen, um dich zu finden. Nie wieder will ich von dir fortgehen.«

Honigherz antwortet ihm sogleich: »Nie wieder SOLLST du fortgehen. Denn jetzt weiß ich, du bist mir der liebste im kleinen Land. Ich möchte dir jeden Tag begegnen ... «

»... Und mit dir plaudern«, entgegnete Pfefferkuch.

»... Und mit dir lachen«, lachte Honigherz.

»... Und mit dir gemeinsam große Pläne schmieden.«, sagten beide zugleich. Und dann küssten sie sich und es war der süßeste Kuss, der in dem kleinen Land jemals geküsst wurde. Zumindest bis dahin.

Und als dann bald die Sonne aufging und helles Licht durch den Thronsaal floss, kam das Volk herein und entdeckte seine Königin eng umschlungen mit ihrem früheren besten Freund. Nur war aus Freundschaft nun etwas anderes geworden.

Beide schliefen so tief und hielten sich noch ganz erschöpft so fest im Arm, dass das Volk lächelnd auf Zehenspitzen wieder hinausschlich, leise die großen, aus glänzendem Zuckerglas gefertigten und von feinen Lakritzadern durchzogenen Türflügel wieder schloss und seiner Königin Honigherz heute einen freien Tag genehmigte.

Nicht einmal der Minister wurde in den Thronsaal gelassen. Sogar das große Tor am Ausgang schloss seine alten Flügel ausnahmsweise mal sehr vorsichtig und ohne das übliche Krachen zu. Denn manchmal braucht auch eine Königin etwas Freizeit und hat ein klitzekleines Recht darauf, glücklich und entspannt zu sein ...

Und weil das jetzt schon das Ende unserer kleinen Geschichte von Pfefferkuch und Honigherz ist, können wir gut und gerne behaupten: Alles ist so gekommen, wie es kommen sollte.

O b das aber tatsächlich auch so war und erst recht so blieb, erfahren wir nur, wenn die Geschichte weitergeht. Und das tut sie in jedem Fall.

Ihr solltet euch zum Beispiel unbedingt anhören, wie Pfefferkuch und Honigherz den großen Drachen Frau Zackenbart vertrieben haben. Oder wie sie mit dem Riesen Tantolos kurzzeitig ewige Freundschaft schlossen. Oder wie Pfefferkuch und Honigherz das Problem der wilden Ehe lösten. Denn im kleinen Land war so etwas wie ein König bislang nicht vorgesehen ...

Ihr seht schon, alle Geschichten sind ein bisschen wie Wege: Sie haben irgendwo einen Anfang und meistens auch irgendwo ein Ende. Manchmal steigt man aus purem Zufall oder schlicht aus Pech auch irgendwo dazwischen ein und muss sich dort dann zuerst einmal gründlich zurechtfinden. Oder kurzerhand bis zum Ziel durchfragen.

Indessen, eins ist immer gleich: Dort wo ein Weg endet, beginnen fast immer mindestens zwei neue von vorn. Ihr müsst euch dann bloß noch entscheiden, welchen davon ihr letztendlich einschlagen wollt.

Draußen vor dem Schloss setzte sich ein kleiner Schmetterling namens Lola auf eine Blume, putzte sich die Flügel, trank etwas klebrigen Nektar und flog ein frivoles Liedchen pfeifend davon.

Schluss.

Anhang

Abkürzungen, Erläuterungen und Maßeinheiten (in teils abenteuerlicher Sortierung)

Abkürzungen und Symbole

bzw.	beziehungsweise
f	feminin / weiblich
ggü.	gegenüber
Let.	Letain / Spaßlatein
m	maskulin / männlich
n	neutral / sächlich
Pl.	Plural / Mehrzahl
s.	siehe
s. o.	siehe oben
s. u.	siehe unten
Sg.	Singular / Einzahl
u. a.	unter anderem
v. a.	v. a.
z. B.	zum Beispiel
→	Verweis

Erläuterungen

Allanostre

Kategorie: Gebäude und Architektur

Die Ruinen von »Allanostre« (f, Pl.) befinden sich auf dem Gebiet der Region → Hohenfeld unweit der → Flachfußseen (Landschaft). Ehemals eine stolze Trutzfeste zur Sicherung der vormaligen Grenzlande gegen mögliche Eindringlinge und Tunichtgute, wurde diese zum Ende der → alten Zeiten während der → Hohenfelder Schlacht schwer beschädigt und ist seitdem unbewohnt und außer Funktion.

Alte Amme

Kategorie: Geografie

Die »Alte Amme« (f, Sg.) ist der vom → Volksmund verwendete Rufname der → großen Schwester (Berg) in der Region → wellige Schwestern (Region). Der Gipfel der alten Amme liegt 1.579 Meter hoch über dem Spiegel des → Übermeeres.

Ihr Zweitname »Alte Amme« leitet sich von der ganzjährig weißgrauen Schneekappe und der oftmals auf ihr vorherrschenden rauen Witterung her ab.

Alte Straßenmagie

Kategorie: Besonderheiten

Die »Alte Straßenmagie« (f, Sg.) ist ein Überbleibsel aus den → alten Zeiten im → kleinen Land. Während sich die alte Straßenmagie laut dem → Volksmund in den → alten Zeiten damals noch konkret auf magische Vorkommnisse rund um die → graue Route als Nord-Süd-Verbindung und die → lange Straße als Ost-West-Verbindung bezogen haben soll, handelt es sich heutzutage v. a. eher um metaphorischen Zauber, der einen auf Reisen begleiten kann, aber nicht zwingend muss. Dabei kann es sich z. B. um die Schönheit einer Landschaft, die Einzigartigkeit von Sinneseindrücken oder die Überraschung einer Begegnung handeln.

Ausnahme ist der → schmale Weg. Hier ist nach einigen unrühmlichen Vorkommnissen in → früheren Zeiten, die zur Spaltung der → langen Straße in das → kurze Stück und den → schmalen Weg geführt haben, noch etwas von der alten Straßenmagie übrig geblieben: Der → schmale Weg z. B. besitzt den magischen Pragmatismus schneller zu seinem Ende zu führen, sobald man auf ihm singt.

Alte Zeiten

Kategorie: Geschichte

s. → in alten Zeiten

Am Marktplatz

Kategorie: Geografie

S. → Marktplatz, Am

Amme, alte

Kategorie: Geografie

S. → alte Amme

Bach aus Milch und köstlichem Sirup

Kategorie: Geografie

S. → Bäche aus Milch und köstlichem Sirup

Bäche aus Milch und köstlichem Sirup

Kategorie: Geografie

Die Familie der »Bäche mit Milch und köstlichem Sirup« (m, Pl.; Sg.: der Bach mit Milch und köstlichem Sirup) gehört zu den gemeinen Fließgewässern im → kleinen Land. Ihr Name leitet sich von der Eigenschaft ab, → Milch und → köstlichen Sirup zu führen und damit zur Nahrungsbereitstellung im → kleinen Land beizutragen. Trotz der besonderen Flüssigkeitseigenschaften beherbergen die Bäche mit Milch und köstlichem Sirup allerlei Getier, wie z. B. Fische und Krustentiere, und können teils zur Schifffahrt genutzt werden.

Der bekannteste Vertreter der Bäche mit Milch und köstlichem Sirup im → kleinen Land ist der → Samsaral.

Backwerk (oder Material, das wie Backwerk aussieht)

Kategorie: Besonderheiten

»Backwerk« (n, Sg.; Pl.: die Backwerke) ist der Sammelbegriff für alle aus Teig in einem Ofen jeglicher Art zubereiteten Gebäcke oder Backwaren. Diese werden im → kleinen Land neben der Verwendung als Nahrungsmittel hauptsächlich auch als Baustoffe für Gebäude, Fahrzeuge und andere Gegenstände eingesetzt. Ein hervorzuhebendes Beispiel eines Gebäudeensembles (zumindest zu einem Teil) aus Backwerk ist das → Schloss der Königin.

Neben dem gängigen Backwerk gibt es zudem noch »Material, das wie Backwerk aussieht« (n, Sg.; Pl.: Materialien, die wie Backwerk aussehen). Dieses unterscheidet sich gegenüber dem Backwerk v. a. durch eine höhere Witterungsbeständigkeit, Belastbarkeit und Lebensdauer. Eine besondere Art von Backwerk ist → Krokant.

Baumkuchentanne

Kategorie: Flora

Die »Baumkuchentanne« (f, Sg.; Pl.: die Baumkuchentannen) der Art Abies delectamenti (Let. »Delikate

Tanne«) gehört zur Familie der Pinaceae und nimmt als einheimische Pflanzengattung mit rund 97 % den größten Anteil aller Baumarten im → kleinen Land ein. Ihr Stamm besteht aus lockerem, süßem, baumkuchenähnlichem, essbarem Backwerk, die Rinde dagegen aus harter und witterungsbeständiger Bitterschokolade. Der Durchmesser der Stämme beträgt im Mittel etwa 50 Zentimeter, die Höhe der Bäume kann bis zu 37 Metern betragen. Das untere Fünftel der Stämme ist zudem meist astfrei. Oberhalb des unteren Fünftels ordnen sich die Äste dann spiralartig und zur Baumspitze hin pyramidal an.

In möglichen Astlöchern finden meist kleinen Bewohner des → tiefen Waldes oder → Nebenwaldes, wie Eichhörnchen, Buntspechte oder Wieselflinke, Unterschlupf. Um die Baumkuchentanne herum können oftmals kreisförmig angeordnete Kolonien von → Pilzen aus Krokant beobachtet werden. Die älteste bekannte Baumkuchentanne im → tiefen Wald an der Grenze zum → blinden Fleck hat ein geschätztes Alter von bislang etwa 947 Jahren erreicht.

Da die Stämme der Baumkuchentannen nicht aus dem üblichen Holz von Bäumen bestehen, können diese

unbehandelt nur schlecht zum Bau von witterungsge-
plagten Gegenständen, wie Dachschindeln oder Schiffs-
planken, genutzt werden. Allerdings erweist sich das
Holz der Baumkuchentannenstämme pur verarbeitet z.
B. als Baumkuchentannenschwämme hilfreich, wenn
man Dinge, wie etwa verschütteten Kakao, schnell ver-
schwinden lassen muss.

Biene, Vulgur-

Kategorie: Fauna

S. → Vulgurbiene

Blankpolierter Thron

Kategorie: Besonderheiten

Der »Blankpolierte Thron« (m, Sg.) ist ein altköniglicher-
cher und mit reichen Schnitzereien verzierter, großer
Holzstuhl aus glänzend poliertem Ebenholz. Laut den
Geschichtsbüchern im → kleinen Land stammt der
blankpolierte Thron noch aus den Zeiten von Agnes der
Ersten.

Der blankpolierte Thron besteht aus vier Stuhlbeinen, einer hohen und schmalen, mit Schnitzereien verzierten Stuhllehne, zwei gepolsterten Armlehnen und einer geraden harten Sitzfläche, auf der üblicherweise ein gelbes Samtkissen mit goldenen Kordeln liegt.

Der blankpolierte Thron steht hauptsächlich im → Schloss der Königin an der Stirnseite des Thronsaales leicht erhöht auf einem mehrstufigen Podest. Normalerweise wird er von der → Königin als Sitzplatz genutzt, während sie ihre täglichen → Audienzen abhält.

Die gegenteilige Situation tritt ein, wenn eine neue → Königin gewählt wird oder werden muss: Dann wird der blankpolierte Thron in die → kleine Stadt transportiert und unten am → Marktplatz unter der → Konfettiweide aufgestellt. Sobald eine neue → Königin vom → Volk gewählt wurde, wird diese auf dem blankpolierten Thron zu einer von eindrucksvollen → Hallfallapferden gezogenen Kutsche getragen, in welcher sie ihre Reise zum → Schloss der Königin antritt.

Blaue Nacht

Kategorie: Besonderheiten

Die »Blaue Nacht« (f, Sg.; Pl.: die blauen Nächte) werden im → kleinen Land eine oder mehrere aufeinanderfolgende Nächte genannt, die von ganz besonderer Ruhe und starker psychischer Reflektion erfüllt sind. Der Himmel zeigt sich dann meist in dem tiefen, namensgebendem Blau, das von ein paar flachen durchscheinenden Wolkenbändern durchzogen und von einem hellen, ranunkelfarbenem Vollmond beleuchtet wird.

Der → Volksmund sagt, dass besonders empfindliche Menschen mit Schlaflosigkeit auf eine blaue Nacht reagieren können. Oftmals können dann auch aktuelle, vergangene oder kommende Situationen und Gegebenheiten im Leben hinterfragt werden.

Blaufuchs, listiger

Kategorie: Fauna

Der »Listige Blaufuchs« (m., Sg.; Pl.: die listigen Blaufüchse) gehört zu den einheimischen Tierarten im →
kleinen Land und kommt in allen Regionen, hauptsächlich aber im nordöstlichen Teil des → tiefen Waldes auf
dem Gebiet der → felsigen Einöde, jedoch auch in mehreren Populationen im → Drachenzahngebirge vor. Es
wird vermutet, dass die Hauptpopulation im → blinden
Fleck zu verorten ist.

Vom Körperbau her eher schlank und schmal, ist der
listige Blaufuchs wendig und schnell sowohl im Di-
ckicht, auf weiter Ebene oder im felsigen Gebirgsland.
Seine Gesamtlänge von der Nasen- bis zur Schwanzspitze beträgt etwa 1 Meter und 60 Zentimeter. Füchsinnen
sind mit 1 Meter und 20 Zentimetern etwas kleiner.
Das Fell des listigen Blaufuchses ist meist in einem
dunklen Blaugrau gehalten, es wurden allerdings auch
schon nachtmeerblaue Exemplare gesichtet. Schwanz-

spitze und Kehllatz sind gegenüber dem Rest des Felles schmutzig weiß abgesetzt.

Listige Blaufüchse sind anhand ihres zusammengekniffenen Gesichtes leicht sowohl als Jäger als auch als Aasfresser zu erkennen. Sie sind dämmerungs- und nachtaktiv und besitzen daher ein sehr gutes Sehvermögen bei diffusen und dunklen Lichtverhältnissen.

Listige Blaufüchse sind oftmals in Begleitung von → gemeinen Grauwölfen anzutreffen und teilen sich mit selbigen einige Wesenszüge: Wo der → gemeine Grauwolf eher brutal und rücksichtslos auf Gegebenheiten und Situationen reagiert, zeigt der listige Blaufuchs meist Gerissenheit und Raffinesse, um seine anvisierten Ziele zu erreichen.

Blinder Fleck

Kategorie: Geografie

Der »Blinde Fleck« (m, Sg.) ist ein komplett unerforschtes Gebiet, welches sich v. a. im Norden des → tiefen Waldes erstreckt. Sein Hauptteil liegt auf dem Gebiet der Region → felsige Einöde. Besondere Kennzeichen des blinden Flecks sind nahezu undurchdringliche Nebelbänke, diesige Lichtverhältnisse und unsympathisch klingende Tierlaute.

Es wird vermutet, dass sich innerhalb des blinden Flecks die Hauptpopulationen → gemeiner Grauwölfe und → listiger Blaufüchse befinden.

Blume, Troll-

Kategorie: Flora

S. → Trollblume

Brücke, Flachfußseen-

Kategorie: Infrastruktur und Verkehr

S. → Flachfußseenbrücke

Butterbrot, Herzogin von

Kategorie: Personen und Gesellschaft

S. → Herzogin von Butterbrot

Das kleine Land

Kategorie: Geografie

s. → kleines Land

Die kleine Stadt

Kategorie: Geografie

s. → kleine Stadt

Distel, singende Silber-

Kategorie: Flora

S. → singende Silberdistel

Drachenloch

Kategorie: Geografie

Das »Drachenloch« (n, Sg.) ist eine Höhle im → steilen Zahn im in der Region → felsige Einöde befindlichen → Drachenzahngebirge. Sie liegt auf einer Höhe von etwa 2.000 Metern über dem Spiegel des → Übermeeres und ist bislang nicht erforscht.

Der Eingang der Höhle zeigt nach Südwesten und ist so groß, dass man ihn bereits von Weitem aus der Region → Hohenfeld als schwarzen Punkt erkennen kann.

Drachenzahngebirge

Kategorie: Geografie

Das »Drachenzahngebirge« (n, Sg.) ist ein karges → Faltengebirge hauptsächlich in der Region → felsige Einöde im Nordosten des → kleinen Landes. Das Gebirge bildet die nördliche und nordöstliche Grenze des → kleinen Landes. Seine westlichen Ausläufer reichen bis in die Region → Nordland, seine südlichen Ausläufer bis in die Region → Hohenfeld.

Geologisch besteht das Drachenzahngebirge größtenteils aus weißgrauem → Kaltgestein und zeigt v. a. in den oberen Regionen als dominante Vegetation → Rotflechten und → Kalbmoose. Die höchste Erhebung bildet mit 2.760 Metern über dem Spiegel des → Übermeeres der ganzjährig vergletscherte und mit Schnee bedeckte → steile Zahn. Außerdem sind bereits aus den Sumpfebenen der Region → Hohenfeld zahlreiche zerklüftete Grate und Höhlen im Gebirge zu erkennen. Die meisten davon sind bislang unerforscht. Eine der bekanntesten Höhlen ist das → Drachenloch.

Der Name des Drachenzahngebirges leitet sich von seinen zackigen und zerrissenen Gipfeln, die von weitem wie ungeputzte Drachenzähne wirken, her ab.

Dünung

Kategorie: Geografie

Die Region »Dünung« (f, Sg.) ist eines der Verwaltungs-achtel des → kleinen Landes und befindet sich im Nordwesten des Reiches. Die Region wird im Norden größtenteils vom → Übermeer, der Halbinsel → Wolkenstein und einem Teil des → Nachtmeeres begrenzt. Im Osten schließen sich die Grenzen zur Region → Nordland, im Süden zum → tiefen Wald und im Süd-westen zu → glatter Spiegel (Region) an. Außerdem liegt der Hauptteil des → Nebenwaldes auf dem Gebiet der sonst eher steppenartigen Dünung. Die Küstenlinie zum → Nachtmeer und zum → Übermeer wird durch den Verlauf der → grauen Route markiert. Am → Übermeer besteht diese größtenteils aus gelben Sand-stränden und einigen vorgelagerten, zumeist unbewohn-ten Inselchen. Am Nachtmeer zeigt sie sich eher rau und steinig.

Der Hauptteil der Bevölkerung lebt in der Siedlung →
Käsingen. Weitere kleinere Ortschaften und Weiher
sind v. a. in Küstennähe entlang der → grauen Route zu
finden. → Käsingen wird aufgrund seiner großen Entfernung zum → Schloss der Königin durch die → Herzogin von Butterbrot verwaltet.

Das warme Seeklima der Dünung mit meist lauen Win-
den in Verbindung mit sandigem Boden begünstigt die
ganzjährige Zucht von → Hengstpalmen. Diese gehört
neben Fischfang und Meerestouristik zu den Hauptwirt-
schaftszweigen der Region. Die Zucht und Domestizierung von → Hallfallpferden hat in der Dünung ebenfalls viele Liebhaber gefunden.

Ebene, große

Kategorie: Geografie

S. → große Ebene

Ehe, wilde

Kategorie: Personen und Gesellschaft

S. → wilde Ehe

Eiche, Mitternachts-

Kategorie: Flora

S. → Mitternachtseiche

Einöde, felsige

Kategorie: Geografie

S. → felsige Einöde

Eisenbart, Emanuel Frigidus

Kategorie: Personen und Gesellschaft

S. → Emanuel Frigidus Eisenbart

Emanuel Frigidus Eisenbart

Kategorie: Personen und Gesellschaft

»Emanuel Frigidus Eisenbart« (m, Sg.) ist ein Bewohner des → kleinen Landes und der → Minister der → Königin. In seinem Amt ist er als → Minister Eisenbart oder nur als → Minister bekannt. Im Geheimen wird er – je nach Anlass abfällig oder ehrfürchtig –häufig auch nur Eisenbart genannt.

Eisenbarts Gestalt ist groß und hager, sein Haar ist mittellang und eisgrau. Am Kinn seines oft verkniffenen

Gesichtes prangt ein spitzer grauer Bart. Außerdem trägt er meist einen seines Amtes geziemenden gurkengrünen Mantel.

Er organisiert den Schönheitswettbewerb zur Wahl der neuen → Königin, die Audienzen im Thronsaal und noch viele, viele weitere Dinge, von denen andere nichts wissen und nichts erfahren.

Eule, Riesen-

Kategorie: Fauna

S. → Rieseneule

Faltengebirge

Kategorie: Geografie

Ein »Faltengebirge« (n, Sg.; Pl.: die Faltengebirge) ist ein Gebirge, welches durch das Aufeinandertreffen von mindestens zwei Platten der Weltenkruste entstehen kann: Die Krusten treffen mit hohem Druck aufeinander, keine will gegenüber der anderen weichen, dadurch falten sie sich allmählich nach oben und bilden so über einen längeren Zeitraum hinweg ein sogenanntes Faltengebirge. Im → kleinen Land liegt ein Vertreter der Faltengebirgsfamilie in der Region → felsige Einöde: Das aus weißgrauem → Kaltstein bestehende → Drachenzahngebirge mit einer maximalen Höhe von 2.760 Metern über dem Spiegel des → Übermeeres.

Felsige Einöde

Kategorie: Geografie

Die Region »Felsige Einöde« (f, Sg.) gehört zu den Verwaltungsachteln des → kleinen Landes und liegt in dessen Nordosten. Die Region wird größtenteils von den felsigen Zügen des → Drachenzahngebirges eingenommen. Dieses bildet sowohl seine Nord-, als auch seine Ostgrenze. Im Südosten wird die felsige Einöde von der Region → Hohenfeld, im Süden und Südwesten vom → tiefen Wald und im Westen von der Region → Nordland eingeschlossen.

Auf dem Gebiet der felsigen Einöde entspringt der → Samsaral seiner Quelle und verlässt das → Drachenzahngebirge in Richtung der → Flachfußseen (Landschaft) in → Hohenfeld. Außerdem befinden sich auf einigen Hochebenen des → Drachenzahngebirges die letzten wildlebenden Herden von → Hallfallapferden, welche dort gefangen und zur Zucht nach → Käsingen gebracht werden. Trotzdem ist die Region v. a. wegen ihrer rauen Lebensbedingungen und den dort vermehrt auftretenden → gemeinen Grauwölfen und → listigen Blaufüchsen nur spärlich besiedelt und eher bevölkerungsarm.

Fisch, Spiegel-

Kategorie: Fauna

s. → Spiegelfisch

Flachfußsee (See)

Kategorie: Gewässer

Ein »Flachfußsee« (m, Sg.; Pl.: die Flachfußseen (wenn mehrere Flachfußseen, nicht aber die Landschaft → Flachfußseen, gemeint sind)) ist eine kleinere bis mehrere Quadratkilometer große Wasserfläche mit sehr geringer Tiefe von etwa 0,5 bis maximal 2 Fuß.

Ein Flachfußsee bietet sowohl Fischen als auch Krustentieren, umfangreichen Insektenstämmen sowie Wasserlilien und -gräsern eine optimale Heimat. Er kann sowohl einzeln als auch in einer Gemeinschaft auftreten, wie z. B. innerhalb der Landschaft → Flachfußseen in der Region → Hohenfeld im → kleinen Land. Diese wird durch den → Samsaral gespeist. Einige der dort befindlichen Flachfußseen werden zudem durch die → Flachfußseenbrücke miteinander verbunden und können darauf komplett trockenen Fußes überquert werden.

Flachfußseen (Landschaft)

Kategorie: Geografie

Die »Flachfußseen« (f, Sg.) ist eine Landschaft in der Region → Hohenfeld im Osten des → kleinen Landes. Sie liegt etwa im geografischen Mittel der Region und wird vom → Samsaral sowohl gespeist als auch durchflossen.

Die Landschaft zeichnet sich durch eine Vielzahl kleinerer bis zu mehreren Quadratkilometern große gleichnamige Wasserflächen (→ Flachfußsee (See)) aus. Die Tiefe beträgt dabei durchschnittlich 1,75 Fuß, was eine

Durchquerung grundsätzlich zu Fuß ermöglicht. Einige der → Flachfußseen (See) weisen tiefere Falllöcher unter der ruhigen Wasseroberfläche auf, die aber meistens markiert und damit weniger gefährlich sind.

Aufgrund der relativ niedrigen und konstanten Wassertiefe beanspruchen Kriebelmücken die Gewässer bevorzugt als ihre Brutplätze. Dies führt im Sommer oft zu Mückenplagen und erklärt – neben dem Auftreten von Sumpfgas – die geringe Bevölkerungsdichte in der Region → Hohenfeld. Manche der Seen werden außerdem zur Fischzucht und als Auffangstation für → Seekuhkälber genutzt.

Um die Flachfußseen gänzlich trockenen Fußes überqueren zu können, wurde vor einiger Zeit die → Flachfußseenbrücke installiert: Ein wackliger Holzsteg, der die meisten der → Flachfußseen (See) miteinander verbindet und dicht über der Wasseroberfläche über diese hinwegführt.

Flachfußseenbrücke

Kategorie: Infrastruktur und Verkehr

Die »Flachfußseenbrücke« (f, Sg.) ist ein vor einiger Zeit in der Region → Hohenfeld installierter Holzsteg, der die meisten der dortigen → Flachfußseen (See) im Gebiet der gleichnamigen Landschaft → Flachfußseen miteinander verbindet und selbige dicht über der Wasseroberfläche überquert. Die Brücke ist nur etwa 1 Meter und 50 Zentimeter breit und wegen der durch den feuchten Untergrund fauligen Pfeiler recht wacklig. Die Flachfußseenbrücke ist nur für den Fußverkehr freigegeben.

Flechte, Rot-

Kategorie: Fauna

S. → Rotflechten

Fleck, blinder

Kategorie: Geografie

S. → blinder Fleck

Fräulein Mandelkern

Kategorie: Personen und Gesellschaft

»Fräulein Mandelkern« (f, Sg.) ist eine Bewohnerin der → kleinen Stadt im → Südwestachtel des → kleinen Landes und nimmt am Schönheitswettbewerb zur Wahl der neuen → Königin teil.

Fräulein Mandelkern – oder manchmal auch nur Mandelkern – ist sehr attraktiv und trägt meist ein vanilleeisfarbenes Kleid.

Frosch, Glotz-

Kategorie: Fauna

s. → Glotzfrosch

Frühere Zeiten, in / vor

Kategorie: Geschichte

S. → in früheren Zeiten

Gebirge, Drachenzahn-

Kategorie: Geografie

S. → Drachenzahngebirge

Gemeiner Grauwolf

Kategorie: Fauna

s. → Grauwolf, gemeiner

Glatter Spiegel (Region)

Kategorie: Geografie

Die Region »Glatter Spiegel« (m, Sg.) ist das westlichste Verwaltungsachtel des → kleinen Landes. Seine Nord- und Nordwestgrenze wird vom → Übermeer gebildet, seine Nordostgrenze stößt an die Region → Dünung, seine Ostgrenze an den → tiefen Wald und seine Süd- und Südostgrenze an die Region → Südwestachtel. Einen Großteil seiner westlichen Grenze macht der gleichnamige See → glatter Spiegel aus.

Glatter Spiegel wird größtenteils von weiten Gras- und Schilfebenen sowie im Süden einigen kleineren Hügeln dominiert. Entlang des Samsaral-Laufes, welcher von Südosten nach Westen fließend in den → glatten Spiegel (See) mündet, gibt es außerdem eine Vielzahl kleinerer Seen und Weiher, welche durch unterirdische Höhlensysteme miteinander verbunden sind und vom → glatten Spiegel (See) gespeist werden.

Im nördlichen Teil der Region durchläuft die → graue Route eine blühende Heidelandschaft und tritt dort in den → tiefen Wald ein. Außerdem verläuft das → kurze Stück, das westliche Teilstück der ehemaligen Ost-West-Tangente im → kleinen Land, vom → tiefen Wald bis hin zum → glatten Spiegel und endet im → Wirtshaus »Zur Fischliesel« an der → Uferpromenade von → Seefleck.

Die Bevölkerungsdichte in → glatter Spiegel ist gegenüber den Regionen → Dünung, → hohe Ebene und → Südwestachtel eher moderat. Bis auf wenige kleinere Ortschaften und Gehöfte entlang der Verkehrsrouten konzentriert sich die Bevölkerung auf die Siedlung → Seefleck am → glatten Spiegel (See). Diese erwirtschaftet ihr Einkommen v. a. mit Seetourismus und dem Fang von → Spiegelfischen.

Glatter Spiegel (See)

Kategorie: Gewässer

Der See »Glatter Spiegel« (m, Sg.) ist ein größtenteils auf dem Gebiet der Region → glatter Spiegel liegender Süßwassersee. Der See bildet dort die natürliche Westgrenze zum Nachbarland des → kleinen Landes. Ein Teil seiner Uferlinie schneidet außerdem die Nordwestgrenze der Region → Südwestachtel.

Der glatte Spiegel wird größtenteils vom → Samsaral gespeist, seine Uferlinie umfasst etwa 155 Meilen auf

dem Gebiet des → kleinen Landes und besteht hauptsächlich aus → Zuckerkieseln. Seine tiefste Stelle beträgt
etwa 167 Meter. Neben unterseeischen Süßgraswiesen
als Weideflächen für → Seekuhherden sind im glatten
Spiegel v. a.→ Spiegelfische, → Wieselhechte und im
Schilf an seinen flachen Ufern → Glotzfrösche zu finden.

Glatter Spiegel wird hauptsächlich als Trinkwasserreser-
voir, zum Fischfang und zum Seetourismus genutzt. An
seinem südlichen Ostufer liegt die touristisch geprägte
Siedlung → Seefleck.

Die Bezeichnung »glatter Spiegel« wird dem → Volksmund zugeschrieben: Bei klarem Himmel und möglichst wenig Seegang wirkt die Wasseroberfläche wie ein
Kristallspiegel. Er reflektiert dann z. B. Sonne, Wolken
und Boote auf dem Wasser. Es soll tatsächlich (!) Leute
gegeben haben, die dann wohl versucht haben sollen,

auf der irrführend tragend wirkenden Wasseroberfläche zu laufen.

Glotzfrosch

Kategorie: Fauna

Der »Glotzfrosch« (m, Sg.; Pl.: die Glotzfrösche) gehört zu den einheimischen Tierarten im → kleinen Land. Er kommt v. a. in der Uferregion des Sees → glatter Spiegel in der gleichnamigen Region → glatter Spiegel, aber auch in den Sümpfen der Region → Hohenfeld vor. Weitere Sichtungen gab es an einigen Stellen des → Samsaral. Glotzfrösche sind etwa frühstückstellergroß, weisen eine grünlich orange Hautfärbung aus und sind von ölig schimmerndem Schleim überzogen. Dieser dient v. a. dazu, schnappenden Vögeln oder Glotzfroschjägern zu entwischen, die auf der Jagd nach dem wohlschmeckenden Amphibienfleisch des Glotzfrosches sind. Die Ruflaute des Glotzfrosches sind meist von einem kratzigen Timbre, sein Gesang ist in der Balzzeit pentatonisch gestimmt.

Namensgebende Besonderheit des Glotzfrosches sind seine hervortretenden wulstigen Augen, mit denen er alles und jeden schamlos und beinahe schon unverschämt anstiert.

Graue Route

Kategorie: Infrastruktur und Verkehr

Die »Graue Route« (f, Sg.) ist einer der Hauptverkehrswege im → kleinen Land. Sie entspringt im Norden der Region → Nordland, folgt dann der Küstenlinie nach Westen Richtung → Dünung, führt anschließend direkt an → Käsingen vorbei und biegt dann Richtung Süden nach → glatter Spiegel ab, wo sie nach einer Westkurve Richtung Osten in den → tiefen Wald eindringt. Diesen durchquert die graue Route v. a. im westlichen Teil, wo sie die rudimentären Überreste der → langen Straße kreuzt, ehe sie südlich in der Region → wellige Schwestern die Berge passiert und am → Grüngraspass endet.

Die graue Route wird auf ihrer Gesamtlänge von unge-
fähr 766 Meilen hauptsächlich für den Nord-Süd-
Transport von schweren Waren durch das kleine Land
genutzt. Aus diesem Grunde weist sie inzwischen teils
sehr tiefe Spurrillen auf, die v. a. im → tiefen Wald
vorteilhaft als Fahrspuren genutzt werden können.

Grauwolf, gemeiner

Kategorie: Fauna

Der »Gemeine Grauwolf« (m, Sg.; Pl.: die gemeinen
Grauwölfe) gehört zu den einheimischen Tierarten im
→ kleinen Land und kommt hauptsächlich im nordöstlichen Teil des → tiefen Waldes auf dem Gebiet der →
felsigen Einöde vor. Mehrere Exemplare wurden ebenfalls im → Drachenzahngebirge gesichtet, wo sie meist
in Begleitung von → listigen Blaufüchsen anzutreffen
sind. Die Hauptpopulation der gemeinen Grauwölfe
wird allerdings im → blinden Fleck vermutet. Dies
konnte bislang nicht endgültig bestätigt werden.

Gemeine Grauwölfe haben einen starken und bullig athletischen Körperbau: Ihre Schulterhöhe kann bis zu 1 Meter und 40 Zentimeter betragen, ihre Länge von der Nasen- bis zur buschigen Schwanzspitze bis zu 2 Meter und 15 Zentimeter. Die fünfzehigen Pfoten sind mit starken Klauen bewehrt. Trotz ihres Namens können gemeine Grauwölfe durchaus vielfältige Fellfarben von Weiß bis Tiefschwarz haben. Hauptsächlich achten die Rudelführer aber auf eine strikte Einhaltung der Norm und bevorzugen graue, graubraune und graublaue Grauwolfwelpen noch weit vor ihren andersfarbigen Verwandten.

Gemeine Grauwölfe leben hauptsächlich in Rudeln von bis zu 25 Tieren, werden aber v. a. im → Drachenzahngebirge häufig auch allein umherstreifend oder in Begleitung von → listigen Blaufüchsen gesichtet. Gemeine Grauwölfe sind bevorzugt Jäger, nehmen bei passenden Gelegenheiten aber auch mit Aas vorlieb. Sie sind dämmerungs- und nachtaktiv. Tagsüber halten sie sich vermehrt in ihren meist großen, feuchten Heimstatthöhlen auf.

Allgemein gilt der gemeine Grauwolf mit seinem oftmals aggressiven und brutalen Wesen als eine der risikoreicheren Tierarten im → kleinen Land. Begegnungen mit ihm werden möglichst vermieden.

Große Ebene

Kategorie: Geografie

Die Region »Große Ebene« (f, Sg.) gehört zu den Verwaltungsachteln des → kleinen Landes und befindet sich in dessen Südosten. Seine Nord- und Nordwestgrenze wird von der Region → Hohenfeld, seine Ostgrenze vom Nachbarland, seine Süd- und Südwestgrenze von der Region → wellige Schwestern und seine Westgrenze vom → tiefen Wald gebildet. Vom Ostende des → tiefen Waldes bis zum → Schloss der Königin, in welcher sich die Hauptverwaltung des → kleinen Landes befindet, werden die sanften Hügel und fruchtbaren

Felder der großen Ebene vom → schmalen Weg, dem östlichen Teilstück der ehemaligen Ost-West-Tangente → lange Straße, durchlaufen. Außerdem passiert der → Samsaral den nördlichen Teil der Region und tritt dort in den → tiefen Wald ein.

Die Bevölkerungsdichte in der → großen Ebene ist gegenüber der Regionen → Südwestachtel und → Dünung relativ moderat: Bis auf wenige Ortschaften und Wirtshäuser entlang des → schmalen Weges besteht der Großteil der regionalen Bevölkerung aus den kulturell versierten Einwohnern des → Schlosses der Königin. Die übrigen Bewohner der Region sind eher ländlich eingestellt und hegen kein größeres Interesse an städtischer Kultur.

Große Schwester

Kategorie: Geografie

Die »Große Schwester« (f, Sg.) ist der höchste Berg der → welligen Schwestern (Berge) in der Region wellige

Schwestern. Sie erhebt sich hinter der → kleinen und der → mittleren Schwester. Die Gesamthöhe der großen Schwester beträgt 1.579 Meter über dem Spiegel des → Übermeeres. Aufgrund der Höhe und der damit verbundenen meteorologischen Bedingungen trägt der Berg ganzjährig eine weißgraue Schneekappe und wird deshalb und wegen der dort oftmals rauen Witterung vom → Volksmund auch → alte Amme genannt.

Insofern die große Schwester überquert werden muss, so geschieht dies größtenteils über den Schwindel erregend hohen → Schwindelpass. Bis auf ein paar Gehöfte am Fuß des Berges ist die große Schwester unbewohnt.

Grüngraspass

Kategorie: Infrastruktur und Verkehr

Der »Grüngraspass« (m, Sg.) ist ein Bergpass auf dem Gebiet des Berges → mittlere Schwester in der Region → wellige Schwestern. Als einer von insgesamt drei Pässen in der Region ist der 563 Meter über dem Spiegel des → Übermeeres liegende Grüngraspass der beliebteste und am häufigsten besuchte Pass. An ihm befindet sich ein Wirtshaus zur Verpflegung und Unterbringung von Gästen. Außerdem endet ein paar Meter direkt hinter dem Pass mit der → grauen Route einer der Hauptverkehrswege im → kleinen Land.

Seinen Namen hat der Grüngraspass von den umliegenden, v. a. im Frühjahr und Frühsommer saftigen Grüngraswiesen erhalten. Diese werden rund um den Pass v. a. als Weideland genutzt.

Hallfallapferd

Kategorie: Fauna

Das »Hallfallapferd« (n, Sg.; Pl.: die Hallfallapferde) gehört zur Gattung der Equidae und kommt in seinem natürlichen Umfeld hauptsächlich in der Region → felsige Einöde im → kleinen Land vor. Dort ist es v. a. auf Hochebenen und Schrägweiden anzutreffen und findet Unterschlupf in den zahlreichen Höhlen, die es sich heimelig einzurichten weiß.

Gegenüber seinen gewöhnlichen Artverwandten fällt seine Körperhöhe mit 107 Zentimetern Schulterlinie oftmals sichtbar geringer aus. Im Gegenzug ist es breiter gebaut und hat meist deutlich stärkere Beine, die es für weite und kraftvolle Sprünge einsetzen kann. Das weich anmutende Fell ist in der Berührung oft drahtig und neigt zur Struppigkeit, was wiederrum dem Charakter des Schnellläufers entspricht. Die Fellfarbe wechselt im Grundton meist von cremigem Weiß zu karamelligem Braun und weist pastellfarbene, unregelmäßige Tupfenflecken im gesamten Farbspektrum auf. Seltener – dafür immens beliebt bei Züchtern – sind die sogenannten Fehlfarben, wie z. B. Lackschwarz, Moosgrün und Dunkelblau.

Das Hallfallapferd lebt in freier Wildbahn in streng hierarchisch organisierten Herden von bis zu 50 Tieren nach matriarchischem System und ist daher im Wesen sehr gefällig. In der Haltung zeigt sich dies durch ausgesprochene Ergebenheit seinem Besitzer sowie dessen Familie gegenüber und zeigt einen deutlichen Hang zum Wohlgefallen. Der Volksmund sagt: »Wenn es wüsste wie es anzustellen sei, würde ein Hallfallapferd seinem Besitzer auch die Schuhe bringen.«

Hecht, Wiesel-

Kategorie: Fauna

S. → Wieselhecht

Heimlicher Tanz

Kategorie: Besonderheiten

Der »Heimliche Tanz« (m., Sg.) ist in erster Linie die Bezeichnung für den Balztanz der Motten im → tiefen Wald. Die Folge der einzelnen Schritte und Flugmanöver ist sehr komplex und für Personen außerhalb des Tierreiches nur dann in Ansätzen zu verstehen, wenn man mit beiden Augen extrem schielt und dabei das rechte Auge sehr schnell blinzeln lässt.

Außerdem bezeichnet der heimliche Tanz auch das sehr direkte Umwerben der jüngeren Bewohner der → kleinen Stadt untereinander. Da der heimliche Tanz eigentlich nur miteinander vermählten Leuten vorbehalten sein soll, verabredet man sich mit der Parole »Unter der → Konfettiweide« unter selbiger unten am → Marktplatz der → kleinen Stadt zum heimlichen Stelldichein.

Während die Motten im → tiefen Wald den heimlichen Tanz nur in zwei bis drei lauen Nächten pro Jahr aufführen, sind die Bewohner der → kleinen Stadt und aller anderen Siedlungen im → kleinen Land so gut wie immer dazu in der Lage zu tanzen.

Hengstpalme

Kategorie: Flora

Die »Hengstpalme« (f, Sg.; Pl.: die Hengstpalmen) der Gattung Palmae Hangistae gehört inzwischen den einheimischen Arten im → kleinen Land an. Der Baum ist ein relativ großes Gewächs von mindestens 13, maximal 17 Metern Höhe. Der schmale, biegsame Faserholzstamm ist mit horizontalen Wuchsrillen versehen, die etwa 3 Meter langen grünen Fächerwedel wachsen bouquetartig aus dem oberen Achtel des Stammes hervor. Die Fächerwedel sind beweglich und können weit ausholend hin und her schlagen. Die Hengstpalme wird daher auch gern als vegetative Klimaanlage und zum Fliegenscheuchen verwendet.

Die Zucht von Hengstpalmen hat ihr Zentrum in → Käsingen gefunden. Der Export findet in alle Regionen des → kleinen Landes statt. Besondere Ansprüche an ihren Standort hat die Hengstpalme nur wenig: Sie liebt sandige Böden, krallt sich mit ihren Wurzeln bei Bedarf aber auch in felsigem Untergrund fest. Bei ausreichender Pflege kann die Hengstpalme durchaus mehrere Jahrhunderte alt werden.

Herzogin von Butterbrot

Kategorie: Personen und Gesellschaft

Die »Herzogin von Butterbrot« (f, Sg.) ist eine Bewohnerin der Siedlung → Käsingen in der Region → Dünung im → kleinen Land. Sie verwaltet als Mitglied des → Hofstaates der → Königin sowohl die Region als auch die Siedlung aufgrund der großen Entfernung zum → Schloss der Königin.

Die Herzogin von Butterbrot ist ihrem → Volk weniger eine bürokratische Verwaltungsbeamtin, als eine gute und in der Not präsente Base. Sie ist ebenso eine Cousine der (alten) → Königin.

Hofstaat

Kategorie: Personen und Gesellschaft

Der »Hofstaat« (m, Sg.) ist die Gesamtheit aller im →
Schloss der Königin weitgehend an den Regierungsge-
schäften beteiligten Personen im → kleinen Land und
damit eine Teilmenge dessen → Volkes. Zu ihm gehört
neben der → Königin u. a. auch das Amt des → Ministers und die Kompanie der → Schlosswächter. Außerdem zählen noch zahlreiche weitere, an dieser Stelle
ungenannte Personen, dazu.

Die dauerhafte Anwesenheit der dem Hofstaat angehö-
renden Personen im → Schloss der Königin ist nicht
zwingend notwendig, wie z. B. im Falle der → Herzogin
von Butterbrot: Trotz ihrer hauptsächlichen Abwesen-
heit durch die nötigen Verwaltungsgeschäfte in → Käsingen gehört diese zum näheren Hofstaat der → Königin, der sie faktisch untersteht.

Hohenfeld

Kategorie: Geografie

Die Region »Hohenfeld« (f, Sg.) ist eines der Verwaltungsachtel des → kleinen Landes und liegt in dessen Osten. Seine Nordgrenze wird von der Region → felsige Einöde, seine Ostgrenze vom Nachbarland, seine Süd- und Südwestgrenze von der → großen Ebene und vom → tiefen Wald gebildet. Auf dem Gebiet von Hohenfeld verlässt der → Samsaral die letzten Ausläufer des südlichen → Drachenzahngebirges und folgt dort seinem weiteren Lauf, ehe er die Grenze zur → großen Ebene übertritt.

Das Gebiet von Hohenfeld ist größtenteils von der sumpfigen Landschaft → Flachfußseen bedeckt. Wegen des oftmals darunter schlummernden Sumpfgases ist die Region eher dünn besiedelt. Lediglich am Lauf des → Samsaral und in einiger Entfernung zum → Drachenzahngebirge gibt es ein paar verstreute Gehöfte und Wirtshäuser. Diese befinden sich v. a. an geschichtsträchtigen Orten der → Hohenfelder Schlacht, wie z. B. die Ruinen von → Allanostre.

Hervorzuheben sind die alljährlich aufs Neue in den Sumpfebenen prächtig erblühenden → Trollblumenfelder.

Hohenfelder Schlacht

Kategorie: Geschichte

Die »Hohenfelder Schlacht« (f, Sg.) war eine mehrtägige Kampfhandlung etwa zum Ende der → alten Zeiten hin, die auf dem Gebiet der Region → Hohenfeld stattgefunden hat. Spuren der Kampfhandlungen zwischen den gegnerischen Parteien sind an den Originalschauplätzen der Auseinandersetzungen inzwischen nicht mehr eindeutig auszumachen, da diese von den sumpfigen → Flachfußseen (See) überflutet wurden. Eine detaillierte Dokumentation der wichtigsten Ereignisse, zu denen auch die Zerstörung der Trutzfeste → Allanostre gehört, findet sich in Form riesiger, alter Wandteppiche im → Schloss der Königin.

Die Hohenfelder Schlacht beinahe am Übergang von den → alten in die → früheren Zeiten gilt als Auslöser für mehrere wichtige Ereignisse, wie z. B. den endgültigen Bau des → Schlosses der Königin und die konstante Einführung der → Schlosswächter.

Hölzernes Tor

Kategorie: Gebäude und Architektur

Das »Hölzerne Tor« (n, Sg.) bildet den einzigen Eingang in das → Schloss der Königin. Es befindet sich am Ostende des → schmalen Weges, direkt nach dem dieser über den → Samsaral gesprungen ist. Das hölzerne Tor ist das wichtigste unter den Elementen am → Schloss der Königin, welche nicht aus Backwerk oder Material, das wie Backwerk aussieht, gemacht sind: Sein Holz stammt von einer Tante zweiten Grades der → Mitternachtseiche, die eigenen Angaben zufolge während eines sehr schweren Sturmes im → tiefen Wald (und vermutlich aufgrund ihres Alters) umfiel und liegen blieb. Daraufhin wurde sie gefragt, ob sie sich eine Zukunft als Schlosstor vorstellen könnte, was diese wiederum bejahte und ihr Holz ohne viel Aufhebens darum dem → Schloss der Königin spendete.

Die Besonderheit des hölzernen Tores ist, dass es niemanden in das → Schloss der Königin einlässt, der nicht die Erlaubnis der Königin, des → Ministers oder der → Schlosswächter dazu hat. Es dient damit als intelligente Sicherheitsvorrichtung. Allerdings bedeutet dies auch, dass sich das Tor durch seine langfristige und feste Position ab und an langweilt und aus diesem Grund eigene Ansichten hinsichtlich Durchgangserlaubnis – oftmals zum Leidwesen der diensthabenden → Schlosswächter – entwickelt.

Honigherz

Kategorie: Personen und Gesellschaft

»Honigherz« (f, Sg.) ist eine Bewohnerin der → kleinen Stadt im → Südwestachtel des → kleinen Landes und die beste Freundin von → Pfefferkuch.

Honigherz lässt sich zu Beginn der Geschichte von der Teilnahme an einem Schönheitswettbewerb zur Wahl der neuen → Königin des → kleinen Landes überzeugen.

Huflattichpass

Kategorie: Infrastruktur und Verkehr

Der »Huflattichpass« (m, Sg.) ist ein Bergpass auf dem Gebiet des Berges → kleine Schwester in der Region →

wellige Schwestern. Gegenüber seinen Nachbarpässen → Grüngraspass und → Schwindelpass liegt der Huflattichpass mit knapp 125 Metern über dem Spiegel des → Übermeeres nicht sehr hoch. An ihm befindet sich ein Wirtshaus zur Verpflegung von Gästen, Reisenden und Schäfern, sowie ein kleiner Pferch, in welchem manchmal auch Gäste unterkommen und sich an die mufflige Wärme der eigentlich dort untergebrachten Schafe ankuscheln können.

Seinen Namen verdankt der Huflattichpass den weitläufigen Huflattichfeldern rund um das Wirtshaus: Diese werden als Weidefläche und zur Gewinnung der Hauptzutat der berühmt berüchtigten Huflatticher Suppe gewonnen.

In alten Zeiten

Kategorie: Geschichte

Der zeitliche Zusatz »in alter Zeit« (f, Sg.; Pl.: in / die alten Zeiten) beschreibt Gegebenheiten oder Situationen, die vor mindestens 1.001, maximal aber 5.000 Jahren stattgefunden haben.

Durch die relativ große Zeitspanne gegenüber dem zeitlichen Zusatz → in früherer Zeit sind für Ereignisse in alter Zeit keine Zeitzeugen zu finden. Berichte sind meist mündlich im Status von Legenden und Mythen oder als intuitive Gefühle und Empfindungen, wie z. B. von Gut und Böse, falsch oder richtig, überliefert. Die alten Zeiten fallen unter die Periode vor der Gesetzgebung durch das Amt der → Königin. Es gab zwar einige konfuse Regeln hinsichtlich des Straßenverkehrs – das jedoch einzige geltende Gesetz in den alten Zeiten besagte lediglich »leben oder nicht mehr leben«.

In früheren Zeiten

Kategorie: Geschichte

Der zeitliche Zusatz »in früherer Zeit« (f, Sg.; Pl.: in / die früheren Zeiten) beschreibt Gegebenheiten oder

Situationen, die vor mindestens 101, maximal aber 1.000 Jahren stattgefunden haben.

Durch die relativ große Zeitspanne gegenüber dem zeitlichen Zusatz → vor lange Zeit sind für Ereignisse in früherer Zeit keine bzw. kaum Zeitzeugen zu finden. Stattdessen sind Berichte darüber meist aufgezeichnet oder als adäquate Dokumentation im Archiv der → Universität im → Schloss der Königin aufbewahrt. Die früheren Zeiten fallen unter die Periode nach der Gesetzgebung durch das Amt der → Königin.

Kalbmoos

Kategorie: Flora

»Kalbmoos« (n, Sg.; Pl.: die Kalbmoose) ist ein gelblich grünes Bergmoos, welches v. a. im → Drachenzahngebirge in der Region → felsige Einöde im → kleinen Land gefunden werden kann. Mit den ebenfalls dort heimischen → Rotflechten bildet das Kalbmoos die Hauptvegetation in den oberen Regionen des → Drachenzahngebirges und trägt ausschlaggebend zu dessen Namensgebung bei: In Kombination mit → Rotflechten und den scharf zerklüfteten Gipfeln aus weißgrauem → Kaltgestein wirkt das Gebirge schon aus großer Ferne wie schon lange ungeputzte und von Karies zerfressene Drachenzähne.

Der Name des Kalbmooses leitet sich von der Beschaffenheit seiner Oberfläche her ab: Diese fühlt sich v. a. an schönen sonnigen Tagen wie das kuschelige Fell eines neugeborenen Kälbchens an. Es wird daher auch gern als Daunenersatz für Kissenfüllungen und Decken verwendet. Im Gegensatz zu den nahrhaften → Rotflechten hat das Kalbmoos allerdings einen bitteren Geschmack und lässt sich nur schwer als Nahrungsmittel gebrauchen. Im äußersten Notfall und mit viel Würzsoße kann Kalbmoos aber durchaus und in Maßen verzehrt werden.

Kaltstein

Kategorie: Geologie

»Kaltstein« (m, Sg.; Pl. die Kaltsteine; auch »Kaltgestein«) ist neben → Zuckerkieseln die am meisten vorkommende Gesteinsart im → kleinen Land. Kaltstein besteht aus kaltgepresst verdichteten Mineralienbrocken und kann unterschiedliche Formationen aufweisen. Meist ist er weißgrau gefärbt, kann aber durch die Einlagerung von z. B. → Rotflechten und → Kalbmoosen auch entsprechend andere Färbungen annehmen.

Die größte bekannte Formation aus Kaltstein im → kleinen Land ist das zur Familie der → Faltengebirge gehörende → Drachenzahngebirge auf dem Gebiet der Region → felsige Einöde mit dem → steilen Zahn als dessen höchste Erhebung von insgesamt 2.760 Metern über dem Spiegel des → Übermeeres.

Durch seine poröse, aber extrem feste Wabenstruktur eignet sich Kaltstein sehr gut für den Bau von Funda-

menten und Mauern. Diese profitieren von der nachgesagten Besonderheit des Kaltsteins: Gemäß dem →
Volksmunde behält Kaltstein selbst in Drachenfeuer
seine Mineralienstruktur und konstante Objekttemperatur von etwa 21,8 Grad Celsius bei.

Käsingen

Kategorie: Geografie

Die Siedlung »Käsingen« (n, Sg.) liegt in der Region →
Dünung im → kleinen Land nahe der Küste des →
Übermeeres. Käsingen ist nach der → kleinen Stadt und
noch vor dem → Schloss der Königin und → Seefleck
die zweitgrößte Siedlung. Wegen seiner großen Entfernung zum Hauptverwaltungssitz des → kleinen Landes
im → Schloss der Königin wird Käsingen durch die →
Herzogin von Butterbrot verwaltet. Die Einwohner von
Käsingen werden → Käsinger genannt.

Seiner direkten Nähe zum → Übermeer und der exponierten Lage an der → grauen Route verdankt Käsingen die Entwicklung von einem Handwerksort hin zu einem Handelsort: Hauptwirtschaftszweige in Käsingen sind der Fischfang und -Export, sowie die seit kurzem eingeführte Zucht von → Hengstpalmen. Außerdem ist Käsingen für seine Zucht und Domestizierung von → Hallfallapferden bekannt.

Käsinger

Kategorie: Personen und Gesellschaft

Die »Käsinger« (n, Pl.: die Käsinger; m, Sg.: der Käsinger; f, Sg.: die Käsingerin) sind die Einwohner von → Käsingen, der zweitgrößten Siedlung im → kleinen Land. Sie werden, wie die gesamte → Dünung, durch die → Herzogin von Butterbrot verwaltet.

Die Käsinger sind als herzliche und handfeste Charaktere bekannt.

Kerze, Vulgur-

Kategorie: Besonderheiten

S. → Vulgurkerze

Kirschkeks, Püppchen

Kategorie: Personen und Gesellschaft

S. → Püppchen Kirschkeks

Kleines Land

Kategorie: Geografie

Das »Kleine Land« (n, Sg.) liegt in einem kontinentalen Teil der Welt, in welchem die 8 Himmelsrichtungen Norden, Nordosten, Osten, Südosten, Süden, Südwesten, Westen und Nordwesten bekannt sind. Es besteht aus den im Uhrzeigersinn angeordneten Verwaltungsachteln → Nordland im Norden, → felsige Einöde im Nordosten, → Hohenfeld im Osten, der → großen Ebene im Südosten, den → welligen Schwestern im Süden, dem → Südwestachtel im Südwesten, dem → glatten Spiegel im Westen und der → Dünung im

Nordwesten. Gleichsam grenzt dort das → Übermeer an das kleine Land, im Norden das → Nachtmeer. Beide Gewässer sind durch die Halbinsel → Wolkenstein voneinander getrennt.

Der mächtigste Strom im kleinen Land ist der im → Drachenzahngebirge entspringende → Samsaral aus der Familie der → Bäche mit Milch und köstlichem Sirup. Dieser teilt das kleine Land von Nordosten ausgehend unregelmäßig in zwei Hälften und mündet im Westen in den → glatten Spiegel (See).

Die 4 Hauptsiedlungen im kleinen Land sind nach ihrer Bevölkerungsanzahl absteigend sortiert die → kleine Stadt, → Käsingen, das → Schloss der Königin und → Seefleck. Daneben gibt es in einigen Regionen zahlreiche weitere kleinere Ortschaften, Weiher, Gehöfte oder Wirtshäuser.

Vom Zentrum des kleinen Landes aus erstreckt sich der → tiefe Wald ungleichmäßig in sämtliche Himmelsrichtungen. Er wird sowohl vom → Samsaral, als auch von der → grauen Route als eine der beiden Hauptverkehrsadern von Norden nach Süden durchzogen. Die zweite Hauptverkehrsader → lange Straße von Westen nach Osten ist mittlerweile durch den → tiefen Wald in zwei kleinere Abschnitte zerteilt: Die ursprünglich durchgehende Verbindung zwischen → Seefleck am → glatten Spiegel und dem → Schloss der Königin wurde in früheren Zeiten aufgrund einiger unrühmlicher Vorfälle zwischen West- und Ostende des → tiefen Waldes unterbrochen und bislang nicht wieder instand gesetzt. Der Teil zwischen → glatter Spiegel und → Westende des → tiefen Waldes wird seitdem zur besseren Unterscheidung → kurzes Stück, der Teil zwischen Ostende des → tiefen Waldes und → Schloss der Königin seitdem → schmaler Weg genannt.

Die Verwaltungsform des kleinen Landes gleich einer konstitutionellen Monarchie: Die → Königin (Amt) wird vom → Volk gewählt und beruft sich auf den Rat und die Unterstützung von mindestens einem → Minister. Hauptverwaltungssitz ist das → Schloss der Königin. Offizielle Amtssprache gibt es keine: Man versteht sich in nahezu jeder Sprache. In → früheren Zeiten war als allgemeingültige Sprache der Bürokratie und Aristokratie → Letain verwendet.

Industrie im klassischen Sinne ist im kleinen Land selten: Florierende Wirtschaftszweige sind z. B. das Bauen von Gebäuden aus → Backwerk oder Material, das wie Backwerk aussieht, die Zucht von → Hengstpalmen, die Domestizierung von → Hallfallapferden und der Export von allgemeinen Grundgütern meist innerhalb des kleinen Landes.

Kleine Schwester

Kategorie: Geografie

Die »kleine Schwester« (f, Sg.) ist der niedrigste Berg der → welligen Schwestern (Berge) in der Region → wellige Schwestern. Sie erhebt sich vor der → mittleren und der → großen Schwester. Die Gesamthöhe der kleinen Schwester beträgt 474 Meter über dem Spiegel des → Übermeeres. Aufgrund der Höhe passt sich die Gipfelfärbung der kleinen Schwester den Jahreszeiten Frühling, Sommer, Herbst und Winter an. Der Berg kann sehr gut über den → Huflattichpass überquert werden.

Kleine Stadt

Kategorie: Geografie

Die Siedlung »Kleine Stadt« (f, Sg.) liegt in der Region → Südwestachtel im → kleinen Land nahe des → Samsaral und des → kurzen Stücks innerhalb einer nicht so großen Senke. Die kleine Stadt ist noch vor → Käsingen, dem → Schloss der Königin und → Seefleck die größte Siedlung im → kleinen Land. Am Boden der

Senke wurde bereits in früheren Zeiten der fast kreisrunde → Marktplatz ausgestaltet. An dessen Rand befindet sich die → Konfettiweide, ebenso die wichtigsten Gebäude der kleinen Stadt, wie z. B. das Rathaus, die Festhalle, das Glühwürmchenkino und die lustige Bäckerei. Letztere fungiert neben der Herstellung von Lebensmitteln gleichzeitig als Baustoffhandel: Die Gebäude der kleinen Stadt bestehen zu weiten Teilen aus → Backwerk oder Materialien, die wie → Backwerk aussehen.

Umgeben von sanften Hügeln leben die Bewohner der kleinen Stadt sehr angenehm und brauchen meistens weder Wind noch andere Wetter zu fürchten. Sie werden zur besseren Unterscheidung zu Einwohnern anderer Siedlungen → Kleinstädtler gerufen.

Kleinstädtler

Kategorie: Personen und Gesellschaft

Die »Kleinstädtler« (n, Pl.; m, Sg.: der Kleinstädtler; f: die Kleinstädtlerin) sind die Einwohner der → kleinen Stadt, der größten Siedlung des → kleinen Landes. Gegenüber ihren weit entfernten Nachbarn in → Käsingen erscheinen die Kleinstädtler v. a. wegen ihrer meist ausgesuchten Höflichkeit und Kultiviertheit während der ein oder anderen Gelegenheit manchmal etwas blasiert.

Kliff, Wolkenstein-

Kategorie: Geografie

S. → Wolkensteinkliff

Konfettiweide

Kategorie: Flora

Die »Konfettiweide« (f, Sg.) gehört zur Familie der Weidengewächse Salicaceae und ist der älteste Baum in der → kleinen Stadt: Die Konfettiweide steht bereits seit mehreren hundert Jahren unten am → Marktplatz.

Form und Gestalt der Konfettiweide ähneln sehr stark der ihrer Verwandten im → tiefen Wald. Allerdings verfügt die Konfettiweide über die Möglichkeit Gefühle auszudrücken: Dazu lässt sie ihre bunten Lanzettblättchen konfettiartig auf alles und jeden herniederregnen, der nicht schnell genug zur Seite tritt.

Die Konfettiweide ist außerdem in der Lage, die Menge der fallenden Konfettiblättchen zu regulieren. Somit kann sie neben einem leichten Konfettiregen z. B. auch wahrhaftige Konfettistürme entfachen.

»Unter der Konfettiweide« ist außerdem auch ein beliebter Treffpunkt für die jüngeren Bewohner der → kleinen Stadt, wenn sie von ihren Eltern nicht beim → heimlichen Tanz ertappt werden wollen. Der → Volksmund zitiert daher auch folgendes Sprichwort: »Der Weide dicker Stamm hütet viele Geheimnisse«.

Königin (Amt)

Kategorie: Personen und Gesellschaft

Die »Königin« (f, Sg.; Pl: die Königinnen) ist die höchste Würdenträgerin im → kleinen Land. Sie residiert im → Schloss der Königin in der Region → große Ebene, unweit der Grenze zur Region → Hohenfeld. Hauptaufgabe der Königin ist die Verwaltung des → kleinen Landes. Dabei wird sie von einem Ministerialrat oder einem einzelnen → Minister unterstützt. Sie ist damit gleichzeitig Oberhaupt der Regierung, oberste Richterin und inzwischen Gesetzgeberin und -Hüterin in Personalunion.

Das Amt der Königin wurde nach Auflösung der urgeschichtlich belegten Stammesversammlungen (s. → Schloss der Königin) etwa zur Hälfte der → früheren Zeiten eingeführt. Erste Amtshandlung der damaligen Königin Agnes I. war die Einführung von allgemeingültigen, aber noch leicht konfusen Regeln v. a. in Bezug auf den Straßenverkehr im → kleinen Land.

Die Königin wird demokratisch vom → Volk des → kleinen Landes gewählt. Dazu findet ein Schönheitswettbewerb in der → kleinen Stadt im → Südwestachtel statt. Die Gewinnerin des Wettbewerbes übernimmt das Amt der Königin von ihrer Vorgängerin.

Das männliche Pendant zur Königin – ein König – ist im → kleinen Land nicht vorgesehen. Eine Königin ist daher immer unverheiratet und ledig.

Eine vergleichbare, aber ihr untergeordnete Rolle hat die → Herzogin von Butterbrot inne: Diese hat ihren Sitz in → Käsingen und verwaltet mit der Region → Dünung die am weitesten vom → Schloss der Königin entfernte Region im → kleinen Land.

Köstliches Sirup

Kategorie: Besonderheiten

S. → Sirup, köstliches

Krokant

Kategorie: Besonderheiten

»Krokant« (n, Sg.) ist eine besondere Art von → Backwerk. Es besteht vorrangig aus gehackten Nüssen, Mandeln und karamellisiertem Zucker. Eine Spezialität ist das wohlschmeckende Butterkrokant.

Neben seiner Verwendung als Veredelung und Dekoration von Eiscreme und Süßigkeiten, wird Krokant auch zum Verkleben verschiedener als Baustoffe genutzter → Backwerke oder Materialien, die wie Backwerk aussehen, eingesetzt. In der Natur des → kleinen Landes kommt Krokant in Form von → Pilzen aus Krokant vor.

Kuh, See-

Kategorie: Fauna

S. → Seekuh

Kurzes Stück

Kategorie: Infrastruktur und Verkehr

Das »Kurze Stück« (n, Sg.) ist einer der Hauptverkehrswege des → kleinen Landes und weist eine Länge von ein wenig mehr als 306 Meilen auf. Es entspringt auf dem Gebiet der Region → Südwestachtel am Westende des → tiefen Waldes, führt dann Richtung Süden an der → kleinen Stadt vorbei, schwenkt gen Nordwesten und passiert die Grenze zur Region → glatter Spiegel, wo es an der Uferpromenade von → Seefleck am → glatten Spiegel (See) endet.

Das kurze Stück gehörte ursprünglich zur historischen Ost-West-Tangente des → kleinen Landes, der → langen Straße. Diese wurde in früheren Zeiten durch einige unrühmliche Vorfälle unterbrochen und bislang nicht wieder instand gesetzt.

Das Gegenstück zum kurzen Stück auf der Ostseite des → tiefen Waldes ist der → schmale Weg auf dem Gebiet der Region → große Ebene.

Land, kleines / das kleine

Kategorie: Geografie

S. → das kleine Land

Lange Straße

Kategorie: Infrastruktur und Verkehr

Die »Lange Straße« (f, Sg.) war die historische Ost-West-Verbindung im → kleinen Land. Ursprünglich verlief die lange Straße durch die Regionen → glatter Spiegel, → Südwestachtel, → wellige Schwestern und die → große Ebene. Dabei kreuzte sie die → graue Route im Westteil des → tiefen Waldes und verband die Orte → Seefleck im Westen, die → kleine Stadt im Südwesten und das → Schloss der Königin im Osten des → kleinen Landes miteinander. Durch einige unrühmliche Vorfälle → in früheren Zeiten wurde das im → tiefen Wald befindliche Teilstück der → langen Straße rüde unterbrochen und bislang nicht wieder instand gesetzt.

Die beiden so entstandenen Routen gelten seither als unabhängige Verkehrswege: Westlich des → tiefen Waldes verläuft nun das → kurze Stück, östlich des → tiefen Waldes verbindet der → schmale Weg dessen

Ostende mit dem → Schloss der Königin. Letzterem sagt man nach, noch ein Quäntchen der → alten Straßenmagie innezuhaben.

Lange Zeit, vor

Kategorie: Geschichte

S. → vor langer Zeit

Lanzspitz

Kategorie: Personen und Gesellschaft

»Lanzspitz« (m, Sg.) ist der Name des linken Wächters am → hölzernen Tor, dem Eingang zum → Schloss der Königin, als → Pfefferkuch zum ersten Mal dort eintrifft um seine Freundin → Honigherz zu sehen.

Lanzspitz kommt ursprünglich aus der Region → wellige Schwestern, zog dann in die → große Ebene und gehört inzwischen zur Kompanie der → Schlosswächter.

Letain

Kategorie: Personen und Gesellschaft

»Letain« (n, Sg.) war → in früheren Zeiten die Hochsprache der Bürokratie und Aristokratie im → kleinen Land. Letain lässt sich grundsätzlich mit dem allseits bekannten klassischen Latein vergleichen; es basiert aber auf dem häufigen Gebrauch von Schimpfwörtern und der Integration kunstvoll ausgefeilter Flüche und ist damit ungemein lustiger als schnödes Latein es je würde sein wollen können.

Gegenwärtig wird das auch als Spaßlatein bezeichnete Letain nur noch äußerst selten angewendet und wenn, dann versteht auch keiner, was eigentlich gesagt wird. Somit ist der Umgang damit bei einem Großteil des → Volkes im → kleinen Land so gut wie in Vergessenheit geraten.

Magie, alte Straßen-

Kategorie: Besonderheiten

S. → alte Straßenmagie

Mamsell Sahnetörtchen

Kategorie: Personen und Gesellschaft

»Mamsell Sahnetörtchen« (f, Sg.) ist eine Bewohnerin der → kleinen Stadt im → Südwestachtel des → kleinen Landes und nimmt am Schönheitswettbewerb zur Wahl der neuen → Königin teil.

Mamsell Sahnetörtchen – manchmal auch nur Sahnetörtchen genannt – ist sehr attraktiv und trägt meist ein minzefarbenes Kleid mit Sprenkeln so grün wie Pistazienkerne.

Mandelkern, Fräulein

Kategorie: Personen und Gesellschaft

S. → Fräulein Mandelkern

Marktplatz, am

Kategorie: Gebäude und Architektur

»Am Marktplatz« (m, Sg.) ist ein bekannter öffentlicher Ort in der → kleinen Stadt in der Region → Südwestachtel des → kleinen Landes. Er nimmt den beinahe kreisrunden der Boden der Senke, an deren Hängen die → kleine Stadt erbaut ist, fast vollständig ein. Sein Umfang beträgt etwa 190 Meter, sein Durchmesser rund 60 Meter.

Neben den wichtigsten Gebäuden der → kleinen Stadt, wie z. B. dem Rathaus, der Festhalle, dem Glühwürmchenkino und der lustigen Bäckerei, befindet sich mit der → Konfettiweide der altehrwürdigste Baum des Verwaltungsachtels direkt am Marktplatz.

Der mit karamellbraunen Sandkuchensteinen gepflasterte Marktplatz wird seit jeher bei schönem Wetter als Versammlungsplatz u. a. für Volksentscheide genutzt. Außerdem findet üblicherweise zweimal pro Woche ein Warenmarkt auf ihm statt: Händler, Bauern und Leute aus der näheren Umgebung bieten dort ihre saisonalen Waren feil.

Meer, Nacht-

Kategorie: Gewässer

S. → Nachtmeer

Meer, Über-

Kategorie: Gewässer

S. → Übermeer

Milch

Kategorie: Besonderheiten

»Milch« (f, Sg.) ist ein meist weißes, undurchsichtiges Getränk, das bevorzugt von Kühen – aber auch anderen Tieren – produziert wird. Mit Zusatzstoffen, wie z. B. Kakao- oder Erdbeerpulver wird Milch v. a. bevorzugt von kleineren und jüngeren Bewohnern des → kleinen Landes konsumiert.

Minister

Kategorie: Personen und Gesellschaft

Das Amt des »Ministers« (m, Sg.; Pl.: die Minister; f: die Ministerin) gehört zum näheren → Hofstaat der → Königin und ist dieser in seiner organisierenden, ausführenden und beratenden Funktion untergeordnet. Der Posten wurde zeitgleich mit dem Amt der → Königin etwa in der Mitte der → früheren Zeiten im → kleinen Land eingeführt.

Ursprünglich war die Rolle des Ministers auf mehrere Personen, den Ministerialrat, verteilt. Jeder Minister war für ein spezielles Thema zuständig; dieses war wiederrum an der Farbe seiner Kleidung erkennbar. Insofern die → Königin temporär nicht im → Schloss der Königin weilte, übernahmen die Minister abwechselnd die Rolle eines Statthalters.

Derzeit gibt es im → kleinen Land nur einen Minister: → Minister Eisenbart.

Minister Eisenbart

Kategorie: Personen und Gesellschaft

S. → Emanuel Frigidus Eisenbart

Mitternachtseiche

Kategorie: Flora

Die »Mitternachtseiche« (f, Sg.) ist ein Baum der Gattung der Quercus Noctus (Let.) und befindet sich im → tiefen Wald auf dem Gebiet des → Südwestachtels des

→ kleinen Landes. Sie steht seit vielen Jahrhunderten auf einer Lichtung nahe des → Samsaral und bietet dort Tier und vorbeiziehendem Wanderer Schutz.

Der Baum verfügt mit etwa 100 Metern Höhe und 70 Metern Durchmesser im unteren Astwerk über solche Ausmaße, dass gut und gerne mindestens die Hälfte der Bewohner der → kleinen Stadt in seinem Geäst leben könnte, so man denn kleine Baumhäuser hineinsetzen würde. Natürlich tut das niemand – allein schon aus Respekt vor der Natur des Baumes. Stattdessen werden die unteren sehr starken Äste ab und zu von der einheimischen Megafauna, wie z. B. von → Rieseneulen als Ruheplatz genutzt.

Neben ihrem gewaltigen Stamm sind das Auffällige an der Mitternachtseiche ihre grüngrauen Blätter, die auf der Unterseite leicht silbrig wie das fahle Mondlicht glänzen. Der → Volksmund meint dazu, die Mitternachtseiche hätte sich → in alten Zeiten ein Duell mit der Frau im Mond geliefert, wer wohl das schönere Kleid trüge. Davon sei der Silberglanz zurückgeblieben.

In einer zweiten Fabel behauptet der → Volksmund, dass in der Mitternachtseiche eine Art steinalte Intelligenz lebe, die sich nur ganz selten in die Geschicke des → kleinen Landes einmische. Allerdings weiß man auch dies ebenfalls lediglich vom Hörensagen: Die Mitternachtseiche hat sich seit ewigen Zeiten nicht mehr zu Wort gemeldet.

Mittlere Schwester

Kategorie: Geografie

Die »Mittlere Schwester« (f, Sg.) ist der zweithöchste Berg der → welligen Schwestern (Berge) in der Region → wellige Schwestern. Sie erhebt sich zwischen der → kleinen und der → großen Schwester. Die Gesamthöhe der mittleren Schwester beträgt 756 Meter über dem Spiegel des → Übermeeres. Aufgrund der Höhe passt sich die Gipfelfärbung der mittleren Schwester den Jahreszeiten Frühling, Sommer, Herbst und Winter an. Allerdings dauert die Abschmelze der Schneekappe bis weit in den Frühling hinein.

Durch das Gebiet der mittleren Schwester zieht sich ein südliches Teilstück der → grauen Route, welche direkt hinter dem dort befindlichen → Grüngraspass endet.

Moos, Kalb-

Kategorie: Flora

S. → Kalbmoos

Moos, violettes Find-mich-

Kategorie: Flora

S. violettes Find-mich-Moos

Mund, Volks-

Kategorie: Besonderheiten

S. → Volksmund

Nacht, blaue

Kategorie: Besonderheiten

S. → blaue Nacht

Nachtmeer

Kategorie: Gewässer

Das »Nachtmeer« (n, Sg.) ist ein Meeresgebiet im Norden des → kleinen Landes und grenzt direkt an die Verwaltungsachtel → Nordland und → Dünung. Das Nachtmeer wird durch die in der Region → Dünung befindliche Halbinsel → Wolkenstein vom weiter südlich befindlichen → Übermeer getrennt. Die bekannte Küstenlinie von etwa 102 Meilen wird größtenteils von felsigen Stränden und Klippen mit spärlicher Hartlaubvegetation geprägt; im höher gelegenen Norden geht sie direkt in das Nachbarland über. Vor der Küste liegt eine Vielzahl schroffer Inselchen, von denen einige bewohnt, andere dagegen unbewohnt sind.

Gegenüber dem → Übermeer ist das im Mittel rund 1.200 Meter tiefe Nachtmeer ein eher rüdes und launenhaftes Gezeitenmeer: Im einen Augenblick ruhig und glatt mit sich kräuselnden Schäfchenwellen daherkommend, zeigt es sich ohne jegliche Vorwarnung im anderen Augenblick mit tosenden Tsunamis und blaugrün schäumenden Brecherwellen.

Die Wassertemperatur des Nachtmeeres liegt bei etwa 11 Grad Celsius im Winter und Frühjahr, bei etwa 18 Grad Celsius im Sommer und Herbst. Zum Baden ist es wegen starker Strömungen eher nicht geeignet. Selbiges ist an den meisten Stränden dennoch auf eigenes Risiko nicht grundsätzlich verboten. Schifffahrt wird auf dem Nachtmeer wegen des meist unzuverlässigen Wetters hauptsächlich zum Fischfang betrieben.

Die überall im → kleinen Land als Köstlichkeit beliebten Fische des Nachtmeeres sind meist zweifarbig: Der Rücken ist blau gefärbt, die Bäuche sind silbrig glänzend. Sie werden zweimal im Jahr gefangen, gesalzen und in die meisten Regionen des → kleinen Landes exportiert. Daneben floriert an der Küste die lokale Seeigelindustrie.

Der Name des Nachtmeeres leitet sich von seiner bereits in Küstennähe vorhandenen tiefen nachtblauen Farbe ab.

Nebenwald

Kategorie: Geografie

Der »Nebenwald« (m. Sg.) ist neben dem → tiefen Wald eines der größeren zusammenhängenden Waldgebiete im → kleinen Land. Er erstreckt sich hauptsächlich auf dem Gebiet der Region → Dünung, streut seine nordöstlichen Ausläufer aber bis auf das Gebiet der Region → Nordland.

Durch den lichten Bewuchs des Nebenwaldes wird das Gebiet gern als Ausflugsziel v. a. aus dem nahegelegenen

→ Käsingen, aber auch den umliegenden Ortschaften und Weihern genutzt: Der parkähnliche und freundliche Charakter lädt besonders zu Picknicken im Freien ein. Ebenso werden v. a. im Herbst Ganztagesfahrten zur gemeinschaftlichen Ernte von → Pilzen aus Krokant angeboten. Durch das Fehlen von gefährlicheren Tierarten wird der Nebenwald zudem gern als Schauplatz für die allseits beliebten Nebenwald-Nachtwanderungen genutzt.

Dominierende Faunen sind v. a. Hühnervögel mit Fasanen als ihre Hauptvertreter. Außerdem gibt es weiteres zahlreiches Kleingetier, wie z. B. Hasen, Rehe, Eichhörnchen und Biber.

Nordland

Kategorie: Geografie

Die Region »Nordland« (n, Sg.) ist eines der Verwaltungsachtel des → kleinen Landes und liegt in dessen

Norden. Die Region wird im Norden vom Nachtmeer begrenzt, schließt im Osten an die → felsige Einöde, im Süden an den → tiefen Wald und im Westen an die → Dünung an. Im Südwesten liegen einige Ausläufer des → Nebenwaldes auf dem Gebiet von Nordland, im Osten streifen die ersten Ausläufer des → Drachenzahngebirges die Region.

Hauptverkehrsader ist die → graue Route an der meist kargen und felsigen Küste des → Nachtmeeres. Die → graue Route verbindet auch einige kleinere Häfen von Nordland, die das Festland mit vorgelagerten Inseln und Halbinseln verbinden.

Die Bevölkerungsdichte von Nordland ist ggü. den anderen Regionen relativ gering: Bis auf wenige Fischersiedlungen entlang der → grauen Route ist das Land v. a. in der Nähe zur Grenze nach der → felsigen Einöde eher unbewohnt.

Palme, Hengst-

Kategorie: Flora

S. → Hengstpalme

Pass, Grüngras-

Kategorie: Infrastruktur und Verkehr

S. → Grüngraspass

Pass, Huflattich-

Kategorie: Infrastruktur und Verkehr

S. → Huflattichpass

Pass, Schwindel-

Kategorie: Infrastruktur und Verkehr

s. → Schwindelpass

Pfad, violetter Find-mich-Moos-

Kategorie: Flora

S. → violetter Find-mich-Moos-Pfad

Pfefferkuch

Kategorie: Personen und Gesellschaft

»Pfefferkuch« (m, Sg.) ist ein Bewohner der → kleinen Stadt im → Südwestachtel des → kleinen Landes und der beste Freund von → Honigherz.

Pfefferkuch überzeugt → Honigherz von der Teilnahme am Schönheitswettbewerb zur Wahl der neuen → Königin im → kleinen Land.

Pferd, Hallfalla-

Kategorie: Fauna

S. → Hallfallapferd

Pilze aus Krokant

Kategorie: Flora

»Pilze aus Krokant« (Pl.; m, Sg.: der Pilz aus Krokant) gehören zur einheimischen Flora des → kleinen Landes und sind fast überall auf dessen Gebiet finden. Die Hauptvorkommen liegen im → tiefen Wald und im → Nebenwald.

Optisch ähneln Pilze aus Krokant etwas größeren und bauchigeren Wiesenchampignons. Ihre Kappen sind v. a. in den Farben Gelb und Braun gehalten. Besondere Anforderungen an ihre Umgebung stellen sie nicht: Solange sie in Gruppen rund um knorrige Stämme wachsen können, nehmen sie mit jedem Baum und Boden vorlieb. V. a. in den Monaten Juni bis Oktober gedeihen sie dann besonders prächtig.

Pilze aus Krokant bestehen in ihrer Gänze aus nussigem und in Blatt-schichten angeordnetem → Kro-

kant und sind daher für die meisten Leute und Wald-
bewohner komplett genießbar. Besonders begehrt bei
Feinschmeckern sind Exemplare unter Nussbäumen:
Nach heftigen Herbststürmen sind diese meist über und
über mit Nusssplittern bedeckt und gelten so als außer-
gewöhnliche Delikatesse. Allerdings ist hierbei von
übermäßigem Verzehr roher Pilze aus Krokant abzura-
ten: Bei sensiblen Mägen kann es zu temporären Sehstö-
rungen und sogar Halluzinationen kommen.

Püppchen Kirschkeks

Kategorie: Personen und Gesellschaft

»Püppchen Kirschkeks« (f, Sg.) ist eine Bewohnerin der
→ kleinen Stadt im → Südwestachtel des → kleinen
Landes und nimmt am Schönheitswettbewerb zur Wahl
der → neuen Königin teil.

Püppchen Kirschkeks – manchmal auch nur Kirschkeks
genannt – ist sehr attraktiv und trägt meist ein kirschro-

safarbenes Kleid mit zahllosen Rüschen. Sie tanzt gern und hat einen guten Gleichgewichtssinn.

(Manche Personen finden das aufregend, unterhaltsam und schön – andere wiederum eher nicht.)

Rieseneule

Kategorie: Fauna

Die »Rieseneule« (f, Sg.; Pl.: die Rieseneulen) der Gattung Bubo Spectacularis (Let.) gehört zu den einheimischen Tierarten im → kleinen Land und ist v. a. auf dem Gebiet des → tiefen Waldes, aber auch in anderen Regionen anzutreffen. Mit einer Maximalgröße von bis zu 3 Metern und einer Flügelspannweite von bis zu 8 Metern gehört die Rieseneule zur Megafauna des → kleinen Landes. Ihr Gefieder ist meist bräunlich bis orange, die Flugfedern sind hell und weisen schwarze Spitzen auf. Außerdem besitzt die Rieseneule einen kräftigen Schnabel und starke, scharfe Krallen.

Die Rieseneule ist als Greifvogel ohne natürliche Feinde v. a. dämmerungs- und nachtaktiv und ernährt sich von Insekten, kleinen Nagetieren und gern von leicht vergorenen Baumfrüchten. Als Nachtvogel kommt ihr die Eigenschaft, alles Licht aus ihrer Umgebung in ihren Augen absorbieren und bündeln zu können, zugute: Diese können dann wie überdimensionierte Scheinwerfer leuchten und das Licht gezielt ausstrahlen. Allerdings gereicht ihr diese Eigenschaft bei Tag zum Nachteil, da die Rieseneule bei hellen Lichtbedingungen schnell selbst geblendet ist.

Ein berühmter Vertreter der Rieseneulen ist → Schlei-

erkautz. Sein bevorzugter Ruheplatz ist die → Mitternachtseiche im → tiefen Wald.

Rotflechten

Kategorie: Flora

»Rotflechten« (f, Pl.; Sg.: die Rotflechte) gehören zur Familie der Lichen und sind v. a. im → Drachenzahngebirge in der Region → felsige Einöde im → kleinen Land zu finden. Zusammen mit den ebenfalls dort zu findenden → Kalbmoosen gehören Rotflechten zur dominanten Vegetation des → Drachenzahngebirges. Sie sind ebenfalls ausschlaggebend für den Namen des Gebirges: In Kombination mit den zerklüfteten Gipfeln aus weißgrauem → Kaltstein wirkt das Gebirge von weitem wie schlecht gepflegte Drachenzähne. Hierbei ist v. a. der → steile Zahn hervorzuheben.

Rotflechten zählen zur Hauptnahrung der im → Drachenzahngebirge vorkommenden → Hallfallapferdherden, kann getrocknet aber auch als Brennmaterial oder für die Zubereitung intensiv schmeckender Tees verwendet werden.

Route, graue

Kategorie: Infrastruktur und Verkehr

S. → graue Route

Sahnetörtchen, Mamsell

Kategorie: Personen und Gesellschaft

S. → Mamsell Sahnetörtchen

Samsaral

Kategorie: Gewässer

Der »Samsaral« (m, Sg.) ist das größte fließende Gewässer im → kleinen Land und gehört zur Familie der → Bäche mit Milch und köstlichem Sirup. Der Samsaral entspringt im → Drachenzahngebirge in der Region → felsige Einöde, durchfließt in großen Mäandern die Regionen → Hohenfeld, → große Ebene, → wellige Schwestern, → Südwestachtel und → glatter Spiegel, wo er in den gleichnamigen See → glatter Spiegel mündet und diesen mit seinem Wasser speist. Auf seinem über rund 1.021 Meilen langem Lauf durch das → kleine Land nährt er außerdem die → Flachfußseen (Landschaft) und fließt ein beachtliches Stück durch den → tiefen Wald.

Der Samsaral ist an einige Stellen nur wenige Meter breit und kann leicht von einem kleinen Heranwachsenden übersprungen werden. An anderen Stellen zeigt er sich wiederum als gewaltiger dahinfließender Strom mit weit voneinander entfernten Ufern.

Innerhalb des → tiefen Waldes bildet der Samsaral an einigen Stellen plätschernde Kaskaden, an anderen drängt er sich reißend durch enge Schluchten und stürzt sich gezackte Felsen hinab. Sonst fließt er eher gemächlich dahin, wird hauptsächlich zur Binnenschifffahrt und zum Fischfang, sowie zur Trinkwassergewinnung genutzt.

Der Name des Samsaral leitet sich von einer alten, fern im Osten hinter den Grenzen des → kleinen Landes gesprochenen Sprache ab und bedeutet in etwa so viel wie »Kreislauf« oder »Wiederkehr«.

Schwester, kleine

Kategorie: Geografie

S. → kleine Schwester

Schlacht, Hohenfelder

Kategorie: Geschichte

S. → Hohenfelder Schlacht

Schleierkautz

Kategorie: Personen und Gesellschaft

»Schleierkautz« (m, Sg.) ist ein Vertreter der → Riese-neulen im → kleinen Land und gehört damit zu dessen Megafauna. Einer seiner Lieblingsplätze ist die → Mit-ternachtseiche im → tiefen Wald. Schleierkautz ist reise-freudig, mag Ratespiele und Insekten.

Schloss der Königin

Kategorie: Gebäude und Architektur

Das »Schloss der Königin« (n, Sg.) ist der Hauptverwaltungssitz im → kleinen Land und befindet sich im Nordosten der Region → große Ebene in Sichtweite zur Grenze der Region → Hohenfeld. Vom Ostende des → tiefen Waldes führt der → schmale Weg direkt auf das → hölzerne Tor, den einzigen Eingang zum Schloss der Königin zu. Direkt vor dem Schloss der Königin fließt der → Samsaral nach einer großen Schleife um die Feste unter einer Brücke hindurch.

Das Schloss der Königin hat beinahe die Ausmaße einer kleinen Stadt. Es erstreckt sich mitsamt Wohn- und Verwaltungsgebäuden, Türmchen und Erkern auf insgesamt fünf Ebenen, die durch eine Vielzahl an Gassen, Passagen, kleineren Parks und die spiralförmige Straße miteinander verbunden sind. Die oberste Ebene wird vom Thronsaal mit dem → blankpolierten Thron sowie dem Wohnturm der → Königin eingenommen.

Neben seiner konkreten Wohnfunktion wird das Schloss der Königin v. a. als Hauptverwaltungssitz des → kleinen Landes genutzt. Es beherbergt somit neben der → Königin mit dem → Hofstaat auch den oder die → Minister, die Kompanie der → Schlosswächter und temporär die bei der → Königin ratsuchenden → Volksangehörigen. Zudem befinden sich im Schloss der Königin die → Universität und das Archiv des → kleinen Landes.

Baugeschichtlich wurde der Hügel, auf dem das Schloss der Königin steht, bereits → in alten Zeiten als ungeschützter Versammlungsplatz der urgeschichtlich belegten Stämme des → kleinen Landes genutzt. Nachdem mehrere Jahrhunderte lang häufig Versammlungsrunden wegen Schlechtwetters kurzfristig immer wieder vertagt werden mussten, entschied man sich schlussendlich für den Bau einer allgemeinen Versammlungshalle, welche aus nicht mehr als ein paar Pfeilern sowie einem Wellblechdach bestand und zum Vorgängerbau des Schlosses der Königin werden sollte. Auf deren Grundmauern wurden im Laufe der Zeit schließlich Teile der Schlossmauer errichtet und somit der Grundstein für den weiteren Schlossbau nach der → Hohenfelder Schlacht gelegt.

Die Baumaterialien des Schlosses der Königin bestehen hauptsächlich aus → Backwerk oder Materialien, die wie → Backwerk aussehen. Dazu zählen neben vielen anderen Werkstoffen auch Spekulatius, Blockschokolade, Zuckerwatte und Lakritze. Dagegen besteht u. a. das Material des → hölzernen Tores nicht aus → Backwerk, sondern wurde von einer Tante zweiten Grades der → Mitternachtseiche bereitgestellt.

Schlosswächter

Kategorie: Personen und Gesellschaft

Die »Schlosswächter« (m, Pl.; Sg.: der Schlosswächter; f: die Schlosswächterin) sind die Sicherheitsbeauftragten des → Schlosses der Königin. Hauptsächlich bewacht die Kompanie im Schichtbetrieb zusammen mit dem ständig anwesenden → hölzernen Tor den einzigen Eingang zum → Schloss: Dort sind sie jeweils zu zweit in ihrer offiziellen Funktion als »linker Wächter« und als »rechter Wächter« aufgestellt. Der Wachdienst findet sowohl an Werk- als auch an Feiertagen statt, ist aber durch entsprechende Feierabend- und Freizeitregelungen reglementiert.

Die in ihrer Gänze als Kompanie der Schlosswächter bezeichnete Wachtruppe setzt sich vollständig aus Rekruten des gesamten → kleinen Landes zusammen. Der Hauptanteil besteht mit 78 % aus männlichen, mit 20 % aus weiblichen und mit etwa 2 % aus geschlechtlich undefinierten Schlosswächtern. Dies stellt v. a. die lokale Rüstungsschmiede regelmäßig vor Herausforderungen, da die eigentlich genormten Rüstungen den verschiedenen physischen Gegebenheiten der SchlosswächterINNENs angepasst werden müssen

Die Rüstung an sich besteht aus einer esparento anmutenden Silberhaube, einem blankpolierten Brust- und Rückenpanzer mit dem Emblem der Königin, Lederhandschuhen und mehrfarbigen Pluderhosen über zweifarbigen Stretchleggins. Die Bewaffnung der Schlosswächter besteht aus einem Kurzdolch, einem Kurzschwert, einer spitz gefeilten scharfen Lanze, sowie mehreren individuellen liebevoll zusammengestellten Wergegenständen.

Der Ursprung der Schlosswächter geht laut dem → Volksmund bis auf die → Hohenfelder Schlacht zurück: Offenbar wurde die Kompanie damals zu Verteidigungszwecken ins Leben gerufen. Inzwischen haben die Schlosswächter neben ihrer Funktion als Einlasskontrolle eher repräsentativen Charakter.

Schmaler Weg

Kategorie: Infrastruktur und Verkehr

Der »Schmale Weg« (m, Sg.) ist einer der Hauptverkehrswege des → kleinen Landes und verläuft vom Ostende des → tiefen Waldes in weiten Kurven über die → große Ebene bis hin zum → Schloss der Königin. Insgesamt ist er nahe 277 Meilen lang und gehört historisch gesehen zur früheren Ost-West-Tangente → lange Straße. Diese wurde allerdings → in früheren Zeiten durch einige unrühmliche Vorkommnisse unterbrochen und bislang nicht wieder instand gesetzt. Das Gegenstück zum schmalen Weg ist das → kurze Stück auf der Westseite des → tiefen Waldes in den Regionen → Südwestachtel und → glatter Spiegel.

Über die → große Ebene hinweg passiert der schmale Weg kleine Ortschaften und verstreute Wirtshäuser, springt vor dem → Schloss der Königin über eine Brücke und endet dort vor dem → hölzernen Tor. Im Frühjahr ist er von frischen Grüngras und Gänseblümchen, im Sommer von rotem Mohn und blauen Kornblumen, im Herbst von → singenden Silberdisteln und im Winter von weißen Schneewehen gesäumt.

Schwer bepackt benötigt man auf dem schmalen Weg für die Überquerung der → großen Ebene zu Fuß etwa neun Tagesreisen. Aber es gibt einen kleinen Trick, um die Strecke auf ihm schneller zurückzulegen: Singen. Denn sobald man den schmalen Weg betritt und ein Liedchen pfeift, kommt man weitaus schneller auf ihm voran, als wenn man nur stumm und tumb darauf einherschritte. Der → Volksmund meint, dies wäre auf einen kleinen übrig gebliebenen Rest der → alten Straßenmagie zurückzuführen.

Schwester, große

Kategorie: Geografie

S. → große Schwester

Schwester, mittlere

Kategorie: Geografie

S. → mittlere Schwester

Schwestern, wellige (Berge)

Kategorie: Geografie

S. → wellige Schwestern (Berge)

Schwestern, wellige (Region)

Kategorie: Geografie

S. wellige Schwestern (Region)

Schwindelpass

Kategorie: Infrastruktur und Verkehr

Der »Schwindelpass« (m, Sg.) ist ein Bergpass auf dem Gebiet der → großen Schwester in der Region → wellige Schwestern. Gegenüber seinen Nachbarpässen → Huflattichpass und → Grüngraspass ist er mit 1.247 Metern über dem Spiegel des → Übermeeres der höchstgelegene Pass in einer theoretisch bewohnten oder bewohnbaren Region des → kleinen Landes. Durch seine Höhenlage ist er ganzjährig vereist und mit Schnee bedeckt. Unterschlupf für Reisende bieten lediglich lose verstreute Hüttchen am Passplatz. Ein durchgängig betriebenes Wirtshaus gibt es wegen der nur spärlich vorbeikommenden Reisenden nicht.

Seinen Namen trägt der Schwindelpass aufgrund seiner Höhe: Diese löst bei einer Vielzahl an ihn überquerenden Reisenden heftige Schwindelgefühle und ein eisiges Kribbeln in den Beinen aus.

See, Flachfuß-

Kategorie: Gewässer

s. → Flachfußsee

Seefleck

Kategorie: Geografie

Die Siedlung »Seefleck« (n, Sg.) liegt innerhalb des → kleinen Landes in der Region → glatter Spiegel direkt am Ufer des gleichnamigen Sees → glatter Spiegel. Sehenswürdigkeiten sind die Uferpromenade und das alljährlich zweimal stattfindende Glühwürmchenflimmern am Zufluss des → Samsaral in den → glatten Spiegel (See) während der → blauen Nächte. Die Uferpromenade von Seefleck bildet außerdem das Ende des → kurzen Stücks.

Neben dem lokalen Ferienheim ist eines der bemerkenswertesten Gebäude der Siedlung das → Wirtshaus »Zur Fischliesel«. (Leider macht es architektonisch nicht so viel her.)

Hauptwirtschaftszweige in Seefleck sind der Tourismus und der Fischfang im → glatten Spiegel (See). Die Bewohner von Seefleck werden → Seefleckler genannt.

Seefleckler

Kategorie: Personen und Gesellschaft

Die »Seefleckler« (Pl.; m, Sg.: der Seefleckler; f: die Seefecklerin) sind die Einwohner von → Seefleck. Der hervorstechende Charakterzug der Seefleckler lässt sich mit »etwas frivol und sehr lustig« diplomatisch umschreiben.

Seekuh

Kategorie: Fauna

Die »Seekuh« (f, Sg.; Pl.: die Seekühe) – oder auch Seelobe – gehört zu den aus dem → Übermeer eingeführten Tierarten im → kleinen Land und lebt vorwiegend im See → glatter Spiegel in der gleichnamigen Region → glatter Spiegel.

Die Seekuh zeigt gegenüber ihren landlebenden Verwandten einen doppelkegelförmigen Körperbau: Die vordere Kegelspitze bildet mit einer überhängenden Oberlippe, Schnurrbarthaaren, zwei Augen und zwei

Fächerohren den Kopf der Seekuh. Zudem sind mittelgroße, nach vorn gebogene Hörner v. a. bei Seekuhbullen möglich. Die hintere Kegelspitze läuft in einen langen Schweif aus und bildet das Seekuhhinterteil. Ihre Fortbewegung steuert die Seekuh mit zwei großen in der Körpermitte befindlichen Paddelfluken und zwei kleineren in der hinteren Körperhälfte sitzenden Steuerfluken. Das Fell der Seekuh ist glatt und weich, sowie meist mit invertierenden Flecken übersäht.

Seekühe leben im → glatten Spiegel in mehreren Herden von bis zu 37 Tieren. Die Herden bestehen sowohl aus Seekuhbullen, Seekuhmüttern und Seekuhkälbern. Für letztere gibt es eine Auffangstation in den → Flachfußseen (Landschaft). Die Zucht von Seekühen v. a. zur Fleisch- und Milchgewinnung lässt sich bis → in frühere Zeiten zurückverfolgen. Ein beliebtes Spiel bei jüngeren Bewohnern des → kleinen Landes nennt sich blinde Seekuh.

Seekuhbulle

Kategorie: Fauna

S. → Seekuh

Seekuhkalb

Kategorie: Fauna

S. → Seekuh

Silberdistel, singende

Kategorie: Flora

S. → singende Silberdistel

Singende Silberdistel

Kategorie: Flora

Die »Singende Silberdistel« (f, Sg.; Pl.: die singenden Silberdisteln) ist eine einheimische Pflanze, die vorwiegend im Gebiet der Region → große Ebene entlang des → schmalen Weges anzutreffen ist.

Die singende Silberdistel kann bis zu 2 Meter und 50 Zentimeter hoch werden und trägt dicke Distelblüten auf ihren starken Stängeln. Sobald die spitzen Nadeln der Distelblüten in Sonne und Wind getrocknet sind, bilden diese stabile Röhrchen aus, durch welche der Wind hindurchpfeift. Dadurch entsteht ein konstant singender Ton entlang des → schmalen Weges.

Singende Silberdisteln werden v. a. von den kleineren und jüngeren Bewohnern des → kleinen Landes gern zu dekorativen und verschönernden Zwecken verwendet. Dazu werden die trockenen Pflanzen gesammelt und in Vasen schön arrangiert im absichtlich zugigen Eingangsbereich von Wohnhäusern aufgestellt.

Sirup, köstliches

Kategorie: Besonderheiten

»Köstliches Sirup« (n, Sg.; Pl.: die köstlichen Sirupe) ist ein meist dickflüssiger Trank aus Zucker. Durch den Zusatz von z. B. Duft- und Aromastoffen kann Sirup vielseitig verwendet werden. Sirup ist im → kleinen Land in seiner natürlichen Form v. a. in Fließgewässern, wie z. B. → Bächen mit Milch und köstlichem Sirup, zu finden. Hauptsächlich tritt er dann in Kombination mit → Milch auf und wird gern als Nahrungsquelle verwendet.

Spiegel, glatter (Region)

Kategorie: Geografie

S. → glatter Spiegel (Region)

Spiegel, glatter (See)

Kategorie: Gewässer

S. → glatter Spiegel (See)

Spiegelfisch

Kategorie: Fauna

Der »Spiegelfisch« (m, Sg.; Pl.: die Spiegelfische) gehört zu den einheimischen Fischarten im → kleinen Land. Er kommt sowohl in fließenden, als auch stehenden Gewässern bei einer Mindesttiefe von 1 Meter vor. Seine Hauptpopulation sind im Oberlauf des → Samsaral und im See → glatter Spiegel zu finden. Dort tritt er in Schwärmen von bis zu 7.000 Tieren auf.

Der Spiegelfisch ist etwa 50 Zentimeter lang, wiegt bis zu 3 Kilogramm und weist eine silbrige bis bleigraue Färbung auf. Seine Seiten sind mit schmalen, scharf vom Untergrund abgesetzten blauen Streifen versehen.

Namensgebend für den Spiegelfisch sind seine im Durchmesser bis zu 2 Zentimeter breiten, harten Schuppen: Diese weisen eine hochglänzende, silbrige Versiegelung auf, die Licht sehr stark reflektieren kann. Daneben ist der Spiegelfisch in der Lage, seine Schuppen so auszurichten, dass er einfallendes Licht gezielt bündeln und damit andere Lebewesen blenden und über seine genaue Position täuschen kann. Dies ist v. a. bei der Abwehr von Fressfeinden, wie z. B. dem → Wieselhecht, hilfreich.

Spiegelfische werden als Speisefische in alle Regionen des → kleinen Landes exportiert. Die Schuppen finden teilweise Verwendung u. a. als Taschenspiegel.

Stadt, kleine

Kategorie: Geografie

s. → kleine Stadt

Steiler Zahn

Kategorie: Geografie

Der »Steile Zahn« (m, Sg.) ist der höchste Berg im → Drachenzahngebirge in der Region → felsige Einöde im → kleinen Land. Die Gesamthöhe des Berges beträgt 2.760 Meter über dem Spiegel des → Übermeeres. Auf etwa 2.000 Metern Höhe befindet sich die bereits aus großer Ferne sichtbare Höhle → Drachenloch.

Der steile Zahn ist aufgrund seiner Höhe ganzjährig von einer Schneekappe bedeckt. Durch vom Fuß des Berges heraufwachsende → Rotflechten und → Kalbmoose wirkt er von Weitem wie ein aus kränklichem Zahnfleisch erwachsender spitzer Reißzahn.

Stein, Kalt-

Kategorie: Geografie

s. → Kaltstein

Straße, lange

Kategorie: Infrastruktur und Verkehr

s. → lange Straße

Straßenmagie, alte

Kategorie: Besonderheiten

s. → alte Straßenmagie

Stück, kurzes

Kategorie: Infrastruktur und Verkehr

s. → kurzes Stück

Südwestachtel

Kategorie: Geografie

Die Region »Südwestachtel« (n, Sg.) gehört zu den Verwaltungsachteln des → kleinen Landes und befindet sich namensgebend in dessen Südwesten. Seine Fläche wird im Norden und Nordosten vom → tiefen Wald, im Osten von der Region → wellige Schwestern, im Süden und Südwesten vom Nachbarland und im Nordwesten von der Region → glatter Spiegel eingefasst. Von West nach Ost wird das Südwestachtel von Mäandern des → kurzen Stücks, eines Teiles der ehemaligen Hauptverkehrsader → lange Straße, durchlaufen. Außerdem fließt der → Samsaral einen beträchtlichen Teil durch die sanft geschwungenen und fruchtigerdigen Hügel des Südwestachtels.

Die Bevölkerungsdichte im Südwestachtel ist gegenüber anderen Verwaltungsachteln deutlich am höchsten. Die in der Region befindliche → kleine Stadt ist außerdem die größte Siedlung im → kleinen Land. Diese gilt neben ihrem Status als Mittelpunkt des Gebäudebaus aus → Backwerk und Material, das wie Backwerk aussieht, neben dem → Schloss der Königin auch als eines der kulturellen Zentren des → kleinen Landes.

Tanne, Baumkuchen-
Kategorie: Fauna
S. → Baumkuchentanne

Tanz, heimlicher
Kategorie: Besonderheiten
S. → heimlicher Tanz

Thron, blankpolierter
Kategorie: Besonderheiten
S. → blankpolierter Thron

Tiefer Wald

Kategorie: Geografie

Der »Tiefe Wald« (m, Sg.) ist das größte zusammenhängende Waldgebiet im → kleinen Land. Er erstreckt sich von dessen Zentrum aus in alle Himmelsrichtungen und bedeckt dabei gut zwei Drittel von seiner Gesamtfläche. Außerdem gibt es kein Verwaltungsachtel, das nicht von einem Teil des tiefen Waldes bedeckt wird.

Die äußeren Gebiete des tiefen Waldes werden größtenteils von Laubbäumen beherrscht. Je näher man dem Zentrum des Waldes kommt, umso mehr werden diese von Nadelbäumen verdrängt. Ausnahme sind sogenannte Dominanzbäume, wie z. B. die → Mitternachtseiche im → Südwestachtel, die über den ganzen tiefen Wald verstreut bis in dessen Zentrum auf kleineren oder mittleren Lichtungen zu finden sind.

Von Osten her wird der tiefe Wald vom → Samsaral in zwei Hälften geteilt. Zudem verläuft mit der → grauen

Route die Nord-Süde-Tangente des → kleinen Landes durch den tiefen Wald. Die ehemalige Ost-West-Tangente → lange Straße wird dagegen durch den tiefen Wald in zwei Teile gespalten: Von dieser einstigen Hauptverkehrsader sind im tiefen Wald nur noch rudimentäre Reste erkennbar.

Der tiefe Wald gilt neben der → felsigen Einöde als eine der risikoreichsten Gebiete im → kleinen Land und wird daher von einem Großteil der Bevölkerung möglichst gemieden. Der im nordöstlichen Teil des tiefen Waldes befindliche → blinde Fleck ist bis heute sogar gänzlich unerforscht.

Neben einer Vielzahl an Flora, wie z. B. → Baumkuchentannen, → violettem Find-mich-Moos und → Pilzen aus Krokant, beherbergt der tiefe Wald auch eine vielfältige Fauna. Dazu gehören neben Rehen, Hasen, Bibern, Eichhörnchen, Sing- und Greifvögeln auch →

Vulgurbienen, → gemeine Grauwölfe und → listige Blaufüchse.

Laut dem → Volksmund ist der tiefe Wald so tief, dass in ihm ganz sicher noch ein oder zwei Einhörner versteckt leben. Genau weiß man das aber nicht.

Tor, hölzernes

Kategorie: Gebäude und Architektur

S. → hölzernes Tor

Trollblume

Kategorie: Flora

Die »Trollblume« (f, Sg.; Pl.: die Trollblumen) ist eine 20 bis etwa 60 Zentimeter hohe Staudenpflanze mit einer eidottergelben, ranunkelartigen Knollenblüte. Auf deren Optik ist auch der Name der Trollblume zurückzuführen, denn: Die Blüte erinnert entfernt an die Knubbelnase eines ordinären Brückentrolles.

Trollblumen sind in den meisten Teilen der bekannten Welt zu finden: Im → kleinen Land sind sie v. a. in der Region → Hohenfeld heimisch, kommen aber auch in anderen Regionen unerwartet vor. Die Pflanze liebt sumpfig, feuchte Wiesen und gedeiht v. a. in der Nähe von fließenden oder stehenden Gewässern. Einige winzige Populationen wurden allerdings selbst schon in eher unwirtlicheren Regionen des → Drachenzahngebirges in einer Höhe von bis zu 2.000 Metern über dem Spiegel des → Übermeeres registriert.

Übermeer

Kategorie: Gewässer

Das »Übermeer« (n, Sg.) ist ein Meeresgebiet im Norden und Nordwesten des → kleinen Landes und grenzt direkt an die Verwaltungsachtel → glatter Spiegel und → Dünung. Das Übermeer wird durch die Halbinsel → Wolkenstein vom weiter im Norden befindlichen → Nachtmeer getrennt. Die Küstenlinie von über 164 Meilen ist teils malerisch von gelben Sandstränden geprägt, Richtung Südwesten mehr von Meeres- und Küstenvegetation dominiert. Vor der Küste liegen einige meist unbewohnte Inselchen im türkisfarbenen Wasser.

Das Übermeer ist gegenüber dem → Nachtmeer ein relativ ruhiges und klares Gezeitenmeer. Lediglich vor und nach einer → blauen Nacht reagiert das Übermeer gern allergisch und spuckt hohe, wilde, salbeifarbene Wellen an die Küste. (Ab und zu auch etwas Treibgut und tote Fische.) Die Wassertemperatur des maximal 900 Fuß tiefen Übermeeres liegt zwischen 16 Grad Celsius im Winter und Frühjahr und bis zu 24 Grad Celsius im Sommer und Herbst. Sein hoher Salzgehalt macht das Wasser für die meisten Landbewohner ungenießbar, sorgt im Gegenzug aber für stabilen Auftrieb von großen Schiffen, die hauptsächlich aus dem Hafen von → Käsingen stammen und das Übermeer zum Fang von frischen Fischen befahren.

Die Fische des Übermeeres sind meist bunt sowie – nach aktuellem Stand – größtenteils genießbar und werden u. a. in viele Gegenden des → kleinen Landes exportiert. Größere Meeressäuger werden aus Artenschutzgründen nicht bejagt.

Die Schifffahrt auf dem Übermeer besteht hauptsächlich aus Fischfang und Tourismusangeboten, meist bewegt sie sich in Sichtweite der Küstenlinie.

Eine explizite Erforschung und Kartierung des Übermeeres durch Wissenschaftler des → kleinen Landes hat bislang nicht stattgefunden. Da noch niemand das Übermeer überquert hat und somit nicht bekannt ist, was sich dahinter befinden könnte, werden auch diese noch unerforschten Gebiete mit dem Begriff »Übermeer« gekennzeichnet.

Universität

Kategorie: Gebäude und Architektur

Die »Universität« (f, Sg.) des → kleinen Landes befindet sich im → Schloss der Königin auf dem Gebiet der Region → große Ebene. Neben der akademischen Ausbildung in den Fächern Mathematik, Physik, Pschyschologiä, Jurethorik, → Letain und bildende Künste, konzentrieren sich die Professoren, Magister und Studenten der fast tausendjährigen Einrichtung auf die Erforschung, Interpretation und Dokumentation der Geschichte des → kleinen Landes.

Die Universität besitzt zudem die größte Bibliothek des → kleinen Landes. Diese steht dem gesamten → Volk offen und verleiht teilweise auch Bücher und Folianten für den Hausgebrauch. Zudem befindet sich ein Großteil des Archives des → kleinen Landes in den Mauern der eindrucksvollen Universitätsgebäude.

Violetter Find-mich-Moos-Pfad

Kategorie: Besonderheiten

Der »Violette Find-mich-Moos-Pfad« (m, Sg.; Pl.: die violetten Find-mich-Moos-Pfade) besteht vollständig aus dem → violetten Find-mich-Moos und ist hauptsächlich auf dem Gebiet des → tiefen Waldes zu finden. Der → Volksmund behauptet seit je her steif und fest, dass der violette Find-mich-Moos-Pfad »schließlich überall hinführt« – was nicht grundsätzlich falsch, aber auch nicht grundsätzlich korrekt ist: Da das → violette Find-mich-Moos nahezu überall wächst und der Pfad somit eher als Grundfläche des → tiefen Waldes zu verstehen ist, führt selbiger tatsächlich überall oder – je nach Perspektive – auch nirgendwo hin.

Die Herkunft der Bezeichnung »Pfad« ist daher nicht mehr eindeutig zu verifizieren. Vermutlich ist sie entstanden, weil an einigen Stellen die Blütenköpfe des → violetten Find-mich-Mooses dichter zusammenstehen als anderswo und somit der Eindruck von durch den Wald laufenden, pfadähnlichen Routen entstand.

Violettes Find-mich-Moos

Kategorie: Fauna

Das »Violette Find-mich-Moos« (n, Sg.; Pl.: die violetten Find-mich-Moose) gehört zu den einheimischen Moosen und Flechten im → kleinen Land und ist dort bei guten Bedingungen nahezu überall, besonders aber unter hohen Bäumen zu finden.

Das violette Find-mich-Moos bildet weitläufige gelbgrüne Pflanzenteppiche, auf denen meist zahllose, veilchenartige Blüten wachsen. Diese sondern einen schwach glimmenden violetten Schein ab, den man v. a. in der Dämmerung oder im Dunkeln gut mit bloßen Augen wahrnehmen kann. Der Schein trägt dafür Sorge, dass Insekten angelockt werden, die wiederrum andere Blüten bestäuben und somit für die Beständigkeit des violetten Find-mich-Mooses Sorge tragen.

Laut dem → Volksmund fungiert das schwache Leuchten dagegen hauptsächlich dazu, dass man seinen Weg nicht verliert. Da das violette Find-mich-Moos aber praktisch nahezu überall wächst, folgt es weder einem konkreten Weg noch einer speziellen Richtung – und umgekehrt: Kein Weg und keine Richtung folgen ihm. Der → Volksmund ist daher speziell in diesem Fall mit sehr viel Skepsis zu hinterfragen.

Volk

Kategorie: Personen und Gesellschaft

Das »Volk« (n, Sg.; Pl.: die Völker) ist die Gemeinschaft aller im → kleinen Land vorhandenen Personen und wahlberechtigten Einwohner. Dazu zählen neben den Einwohnern aller Verwaltungsachtel, wie → Nordland, der → felsigen Einöde, → Hohenfeld, der → großen Ebene, der → welligen Schwestern, des → Südwestachtels, des → glatten Spiegels und der → Dünung, ebenfalls sämtliche stimmberechtigten Vertreter der entsprechenden Flora und Fauna, insofern sie mögen und sich davon nicht bedrängt fühlen.

Volksangehörige

Kategorie: Personen und Gesellschaft

S. → Volk

Volksmund

Kategorie: Besonderheiten

Der »Volksmund« (m, Sg.) ist ein sagenumwobener Stein im → blinden Fleck, einem bislang unerforschten Gebiet des → tiefen Waldes. Mündlich überlieferte Beschreibungen aus → früheren Zeiten weisen auf die grob gehauene, runde Form des Volksmundes hin. Auf seiner Vorderseite soll ein steinernes Altweibergesicht mit finster dreinblickender Miene und einem bösartigen Schlitz als Mund halbreliefartig abgebildet sein. Sein Rand sei demnach mit fremdartigen Schriftzeichen versehen. Die Legende besagt, dass der Volksmund in früheren Zeiten als Richtstein verwendet worden sein soll.

Zudem wird dem Volksmund zugeschrieben, bestimmte Dinge, wie z. B. Ereignisse, Regionen oder Gegenstände, neben ihren allgemeingültigen Namen zusätzlich mit eigentümlichen Bezeichnungen oder Vermerken zu versehen. Beispiele dafür sind die → alte Amme als Volksmundausdruck für die → große Schwester in der Region → wellige Schwestern, die Besonderheiten der → blauen Nacht oder das angebliche Vorkommen von Einhörnern im → tiefen Wald. Einige dieser Bezeichnungen und Vermerke werden bis heute in der Alltagssprache im → kleinen Land übernommen. Eines dieser Beispiele ist der ursprünglich aus dem Volksmund stammende Name für den See → glatter Spiegel in der gleichnamigen Region → glatter Spiegel.

Vor langer Zeit

Kategorie: Geschichte

Der zeitliche Zusatz »vor langer Zeit« (f, Sg.; Pl.: vor langen Zeiten) beschreibt Gegebenheiten oder Situationen, die vor mindestens 50, maximal aber 100 Jahren stattgefunden haben.

Durch die relativ kurze Zeitspanne gegenüber den zeitlichen Zusätzen → in früheren Zeiten und in → alten Zeiten sind für die Ereignisse vor langer Zeit oftmals noch Zeitzeugen oder entsprechend gut erhaltene Dokumentationen, z. B. im → Schloss der Königin, zu finden.

Vulgurbiene

Kategorie: Fauna

Die »Vulgurbiene« (f, Sg.; Pl.: die Vulgurbienen) gehört zu den am häufigsten vertretenen Insekten im → kleinen Land und kommt hauptsächlich in den halbschattigen Regionen des → tiefen Waldes vor. Dort finden die wilden Völker, welche aus bis zu einer Million Tieren bestehen können, ihre bevorzugte Behausung: Hohle → Baumkuchentannenstämme, deren Wurzelwerk bis in tiefe, kühle Höhlen unter dem Waldboden reicht.

Die Vulgurbiene hat eine Länge von etwa 15 Zentimetern und einen etwas gedrungenen Körperbau; sie erinnert entfernt an eine große Hummel. Ihre sechs paarweise angeordneten Beine befinden sich an der Körperunterseite, das vordere Paar wird hauptsächlich zum Greifen von Gegenständen genutzt. Auf ihrem Rücken trägt die Vulgurbiene zwei große und zwei kleinere Paar Flügel. Außerdem befindet sich an ihrem hinteren Körperteil einen als Hecksteuer fungierenden Segelflügel.

Einen Stachel besitzt die Vulgurbiene nicht: Ihre wenigen natürlichen Feinde vertreibt sie durch den Einsatz von spontan gewählten Gegenständen aller Art aus ihrer direkten und situativen Umgebung.

Farblich orientiert sich die Vulgurbiene nah an dem evolutionstechnisch vorgegebenen Bienendesign: Ihr Körper ist mit gelben und schwarzbraunen Querstreifen versehen. Je nach Bienenkaste können weitere Farben oder farbige Elemente hinzukommen. Arbeitsbienen und Drohnen besitzen einen zusätzlichen graubraunen Streifen, Ministerialbienen einen blauen, Wächterbienen einen dschungelgrünen und Bienenköniginnen einen goldenen Streifen. Bienenköniginnen weisen außerdem einen Nackenpunkt auf, meist in ihrer Lieblingsfarbe Koboldpink.

Vulgurbienen leben als streng organisiertes Kastenvolk zusammen. An der Spitze jeden Volkes steht eine → Königin, diese wird von mindestens zwölf Dutzend → Wächtern und dem → Hofstaat, der ein straff geordnetes Ministerialwesen beinhaltet, umringt. Der Großteil des Volkes besteht aus Arbeiterbienen und Drohnen. Diese sind verantwortlich für Aufgaben, wie z. B. die Nahrungsbeschaffung, Aufzucht und Ausbildung der

Nachkommen sowie die Pflege und den Schutz der Behausung. Als Abfallprodukte der Aufzucht des Nachwuchses fallen Sägespäne und → Vulgurbienenwachs an. Letzteres wird für die Herstellung von → Vulgurkerzen verwendet.

Vulgurbienenwachs

Kategorie: Besonderheiten

Das »Vulgurbienenwachs« (n, Sg.) wird von den wilden → Vulgurbienen im → tiefen Wald als Abfallprodukt von Aufzucht und Ausbildung des Bienennachwuchses produziert. Das Vulgurbienenwachs weist eine honiggelbe Färbung auf. Es dient vorranging der Herstellung von → Vulgurkerzen.

Vulgurkerze

Kategorie: Besonderheiten

Eine »Vulgurkerze« (f, Sg.; Pl.: die Vulgurkerzen) ist eine etwa 15 Zentimeter hohe, dickliche Kerze aus → Vulgurbienenwachs. Neben ihrer handlichen Größe zeichnet sich die Vulgurkerze v. a. durch ihre honiggelbe Färbung aus. Das warme und helle Licht bildet vor dunklen Hintergründen etwa 5 bis 7 Zentimeter messende Lichtsphären. Diese können ähnlich der Funktionsweise von Seifenblasen sacht in den Raum geblasen und somit in der Menge als Leuchtmittel für größere Flächen genutzt werden. Nach dem Abblasen bildet sich am Kerzendocht eine neue Sphäre.

Der prägnanteste Unterschied zwischen einer Vulgurkerze und ihrer gewöhnlichen Verwandten, der gemeinen Hauskerze, ist ihre Lebensdauer: Insofern man sie nicht vollständig verbrennen, sondern einen Dochtrest von etwa 15 Millimetern stehen lässt, lädt sich die Kerze innerhalb weniger Stunden wieder auf und kann erneut bis auf den oben genannten Dochtrest verwendet werden. Aus diesem Grunde wurden → in früheren Zeiten Vulgurkerzen von den Magiern im → kleinen Land oftmals verwendet, um Strom zu sparen. Heute gelten sie eher als ein antikes Leuchtmittel auf entsprechenden Themenpartys.

Wachs, Vulgurbienen-

Kategorie: Besonderheiten

S. → Vulgurbienenwachs

Wächter, Schloss-

Kategorie: Personen und Gesellschaft

S. → Schlosswächter

Wald, Neben-

Kategorie: Geografie

S. → Nebenwald

Wald, tiefer

Kategorie: Geografie

S. → tiefer Wald

Weg, schmaler

Kategorie: Infrastruktur und Verkehr

S. → schmaler Weg

Weide, Konfetti-

Kategorie: Fauna

S. → Konfettiweide

Wellige Schwestern (Berge)

Kategorie: Geografie

Die Berge »Wellige Schwestern« (f, Pl.; Sg.: wellige Schwester) sind drei optisch eng miteinander verwandte und in aufeinanderfolgenden Wellen angeordnete geologische Erhebungen auf dem Gebiet der gleichnamigen Region → wellige Schwestern (Region).

Während der Gipfel der → kleinen Schwester etwa 474 Meter über dem Spiegel des → Übermeeres liegt, liegt der der → mittleren Schwester bei etwa 756 Metern und der der → großen Schwester bei knapp 1.579 Metern. Letztere trägt aufgrund ihrer Höhe und den daher dort vorherrschenden meteorologischen Bedingungen ganzjährig eine Schneekappe und wird deshalb vom → Volksmund auch → alte Amme genannt. Die → kleine und die → mittlere Schwester passen sich farblich den Jahreszeiten Frühling, Sommer, Herbst und Winter an.

Durch das Bergland zieht sich das südliche Teilstück der → grauen Route, welches kurz nach dem → Grüngraspass endet. Der Grüngraspass befindet sich auf dem Gebiet der → mittleren Schwester. Der Pass auf dem Gebiet der → kleinen Schwester wird → Huflattichpass genannt und der Pass auf dem Gebiet der → großen Schwester / → alten Amme trägt den Namen → Schwindelpass.

Die plattentektonische Entstehungsgeschichte der welligen Schwestern ist im Archiv der → Universität im → Schloss der Königin gut dokumentiert: Es gab einen lauten RUMMS und plötzlich waren sie da.

Wellige Schwestern (Region)

Kategorie: Geografie

Die Region »Wellige Schwestern« (f, Sg.) gehört zu den Verwaltungsachteln des → kleinen Landes und befindet sich in dessen Süden. Seine Fläche wird im Norden vom → tiefen Wald, im Nordosten und Osten von der Region → große Ebene, im Süden vom Nachbarland und im Westen und Südwesten von der Region → Südwestachtel begrenzt. Der Name der Region leitet sich von den drei Berggipfeln der → welligen Schwestern ab, welche einen Großteil des Gebietes für sich beanspruchen.

Einnahmen verzeichnet die Region v. a. mit dem saisonal bedingten Tourismus: V. a. im Winter ist das Gebiet der → welligen Schwestern (Berge) ein beliebtes Ausflugsziel für Ski- und Schlittenfahrer. Sonst bleiben die Bewohner der Region lieber unter sich.

Die Bevölkerungsdichte ist relativ gering: Es gibt vereinzelt selbstversorgende Gehöfte mit Weideland sowie einige Wirtshäuser an der → grauen Route, die auf dem Gebiet der welligen Schwestern den → tiefen Wald verlässt und am → Grüngraspass im Bergland endet. Zudem werden der → Grüngraspass und der → Huflattichpass saisonal von Touristen oder Zweitwohnsitzlern frequentiert.

Werhart

Kategorie: Personen und Gesellschaft

»Werhart« (m, Sg.) ist der Name des rechten Wächters am → hölzernen Tor, dem Eingang zum → Schloss der Königin, als → Pfefferkuch dort erstmals eintrifft um seine Freundin → Honigherz zu sehen. Werhart ist ein Bewohner der → großen Ebene im → kleinen Land und gehört zur Kompanie der → Schlosswächter. Eines seiner Talente ist besonders schnelles Laufen.

Wieselhecht

Kategorie: Fauna

Der »Wieselhecht« (m, Sg.; Pl.: die Wieselhechte) gehört zu den einheimischen Fischarten im → kleinen Land und ist mit seiner Hauptpopulation im See → glatter Spiegel in der gleichnamigen Region → glatter Spiegel anzutreffen. Wieselhechte sind bis zu 1 Meter und 50 Zentimeter lange sowie bis zu 25 Kilogramm schwere, stromlinienförmige und mit spitzen Zähnen bewaffnete Raubfische, die v. a. durch ihre aus braunem Wieselfell bestehenden Rückenflosse auffallen. Die nur leicht schuppige Haut des Wieselhechtes weist einen braun und grünlich glänzenden Schimmer sowie ungleich verteilte kleine schwarze Punkte auf.

Wieselhechte werden aufgrund ihres latent aggressiven Verhaltens nicht (mehr) gezüchtet. Außerdem sind sie wegen ihrer flinken und schnellen Bewegungen nur sehr schwer zu fangen und gelten daher als begehrte – weil selten aufgetischte – Delikatesse.

Wilde Ehe

Kategorie: Personen und Gesellschaft

Als »Wilde Ehe« (f, Sg.) wird umgangssprachlich das Beziehungsverhältnis zwischen unverheirateten, sich liebenden Paaren bezeichnet, die zusammen z. B. in einem Haus leben.

Wirtshaus »Zur Fischliesel«

Kategorie: Gebäude und Architektur

Das »Wirtshaus »Zur Fischliesel«« (n, Sg.) gehört zu den sehenswerteren Gebäuden in der kleinen und v. a. touristisch geprägten Siedlung → Seefleck in der Region → glatter Spiegel im → kleinen Land.

Architektonisch eher fragwürdig gestaltet, gilt das Wirtshaus »Zur Fischliesel« neben seiner Speisekarte v. a. durch die namensgebende Schankwirtin Lieselotte Fischbein als weithin berüchtigt bei den vielen – und vielen ehemaligen – Gästen.

Wolkenstein

Kategorie: Geografie

Die Halbinsel »Wolkenstein« (m, Sg.) ist eine felsige Landzunge auf dem Gebiet der → Dünung im → kleinen Land. Wolkenstein liegt nordöstlich von → Käsingen und trennt die beiden Gewässer → Übermeer und → Nachtmeer geografisch voneinander. Die Halbinsel selbst ist zur Landseite hin vegetativ begrünt und mit Hartlaubgewächsen übersäht. Die nördliche Meeresseite wird vom steilwandigen → Wolkensteinkliff eingenommen.

Das → Wolkensteinkliff wird v. a. von Übermeertölpeln als Brut- und Nistplatz beansprucht.

Wolkensteinkliff

Kategorie: Geografie

Das »Wolkensteinkliff« (n, Sg.) ist ein hohes und steiles Kliff im Norden der Halbinsel → Wolkenstein auf dem Gebiet der → Dünung. Das Kliff bildet den nördlichsten begehbaren Punkt des → kleinen Landes und wird von Übermeertölpeln als Brut- und Nistplatz genutzt.

An der Spitze des Wolkensteinkliffs treffen die Fluten des → Übermeeres auf die des → Nachtmeeres.

Zahn, steiler

Kategorie: Geografie

S. → steiler Zahn

Zeit, vor langer

Kategorie: Geschichte

S. → vor langer Zeit

Zeiten, in alten

Kategorie: Geschichte

S. → in alten Zeiten

Zeiten, in früheren

Kategorie: Geschichte

S. → in früheren Zeiten

Zuckerkiesel

Kategorie: Geologie

Ein »Zuckerkiesel« (m, Sg.; Pl.: die Zuckerkiesel) ist ein kieselähnlicher, malvenfarbiger und teils weißgebänderter Stein am Ufer eines Gewässers. Er zeichnet sich v. a. durch seine harte Schale und den süßlichen Kern aus: Dieser besteht bei größeren Zuckerkieseln aus männlichen Zuckerkristallen, bei kleineren Zuckerkieseln aus einer sirupartigen Melasse. Beide Arten von Zuckerkieseln werden bei Bedarf als Nahrungsmittel oder Energielieferant eingesetzt.

Die Hauptvorkommen von Zuckerkieseln sind an den Ufern des Sees → glatter Spiegel zu finden, aber auch an den südlichen Gestaden des → Samsaral.

Maßeinheiten

Fuß

Ein (1) »Fuß« (m, Sg.; Pl.: die Fuß) bezeichnet die Länge von 33 → Zentimetern und 33 → Millimetern. 3 Fuß ergeben somit die Länge von 1 → Meter. Dies entspricht der durchschnittlichen Schrittlänge eines etwa 1 → Meter und 70 → Zentimeter – oder 5 Fuß – großen Erwachsenen im → kleinen Land.

Gramm

Ein (1) »Gramm« (n, Sg.; Pl.: die Gramm) bezeichnet den eintausendsten (1/1.000) Teil 1 → Kilogramms. 10.000 Gramm ergeben somit die Masse von 10 → Kilogramm.

Kilogramm

Ein (1) »Kilogramm« (n, Sg.; Pl.: die Kilogramm) bezeichnet das Gewicht von 1.000 → Gramm. 1.000 Kilogramm ergeben somit die Masse von 1 → Tonne.

Meile

Eine (1) »Meile« (f, Sg.; Pl.: die Meilen) entspricht der Länge von 1.276 → Metern oder 3.828 → Fuß. Um eine Meile zu gehen, muss ein durchschnittlicher Erwachsener mit einer Körpergröße von 1 → Meter und 70 → Zentimetern etwa 2.552 Schritte machen.

Pro Tag kann ein gesunder, durchschnittlich großer Erwachsener aus dem → kleinen Land etwa 20 Meilen zu → Fuß in Schrittgeschwindigkeit gehen.

Meter

Ein (1) »Meter« (m, Sg.; Pl.: die Meter) bezeichnet die Länge von 100 → Zentimetern oder 3 → Fuß. 1.276 Meter ergeben die Länge von 1 → Meile.

Milligramm

Ein (1) »Milligramm« (n, Sg.; Pl.: die Milligramm) bezeichnet den eintausendsten (1/1.000) Teil 1 → Grammes. 132.500 Milligramm ergeben daher 132,5 → Gramm – so viel wie ein durchschnittlich großer Apfel wiegen kann.

Millimeter

Ein (1) »Millimeter« (m, Sg.; Pl.: die Millimeter) bezeichnet den zehnten (1/10) Teil eines → Zentimeters. 100 Millimeter ergeben somit die Länge von 10 → Zentimetern. Diese Länge kann laut dem → Volksmund auch für »mehr als Freundschaft« stehen.

Quäntchen

Ein (1) »Quäntchen« (n, Sg.; Pl.: die Quäntchen) ist der kaum messbare, aber doch vorhandene Teil von etwas und bezieht sich meist auf dessen Gewicht oder Menge. Im kulinarischen Kontext kann ein Quäntchen etwa so viel wie »eine Messerspitze davon« bedeuten.

Tonne

Eine (1) »Tonne« (f, Sg.; Pl: die Tonnen) bezeichnet das Gewicht von insgesamt 1.000 → Kilogramm oder 1.000.000 → Gramm oder 1.000.000.000 → Milligramm und ist damit sehr schwer.

Zentimeter

Ein (1) »Zentimeter« (m, Sg.; Pl.: die Zentimeter) bezeichnet die Länge von 10 → Millimetern. 33 → Zentimeter und 33 → Millimeter ergeben somit die Länge 1 → Fußes. 100 → Zentimeter ergeben die Länge 1 → Meters.

Der → Volksmund sagt: Der Ausdruck »10 Zentimeter« kann exemplarisch auch »mehr als Freundschaft« bedeuten.